NOVELE

사법사 스승짱

1

하루하라 케무리 지음 | 코인 일러스트

NOVEL
ENGINE

파올로

깡패 스타일의
천재 마법사.
제라르의 라이벌.

알폰소

왕성마술사단 부단장.
실력이 뛰어난
베테랑 마술사.

로잘리아
(고브코)

고블린 소녀.
시이코의 도움을 받아
동료가 된다.

사기자카 사이코
제라르가 소환한
자칭 귀염기만 한
고등학생.

제랄드
(제라르)
마법사 견습
전설의 '사법사'를
소환한다.

충격의 「스승짱」효과!!

- 생각지도 못한 돈이 왕창 생겼다!
- 어전시합에서 연전연승!!
- 갑자기 인기 폭발!! 럭키 해프닝!!

완전 승리
인기 폭발

©Koin

귓가에 속삭이는 스승짱의
목소리는 부드러웠다.

「조금은 진정했어?」

©Koin

SAHOUTSUKAINO SHISYOUCHAN
CONTENTS

PRESENTED BY KEMURI HARUHARA
ILLUSTRATION. KOIN

©Koin

사법사 스승짱

1

Kemuri Haruhara
하루하라 케무리
그림. **코인**

프롤로그

옛날옛적에 이런 이야기가 있었답니다.

이웃 나라가 쳐들어와서 난처해진 아크레시아의 임금님이 말했습니다.

"누구라도 좋으니 어떻게 좀 해다오!"

대신은 세금을 올리라고 말했고.

장군은 병력을 늘리라고 말했고.

마술사는 다른 세계에서 구세주를 소환하자고 말했습니다.

새까맣고 멋들어진 수염, 동그랗고 사람 좋아 보이는 얼굴, 부드러운 행동거지.

나타난 신사는 '사법'을 사용해서 적의 마법을 봉인하고, 쫓아냈습니다.

임금님은 크게 기뻐했습니다.

신사에게 막대한 포상을 내리고, 뭐든지 상담했습니다.

그 뒤로 또 다른 사용자를 불러내기 위해 많은 사람이 노력했지만, 모두 실패하고 말았습니다.

소환마법을 사용하려는 이도 점점 사라져, 이윽고 사법의 사용자는 사람들에게서 잊혔습니다.

다시 기나긴 시간이 흐른 뒤의 일입니다.

이번에는 마물이 나라를 위협했습니다.

백발이 섞인 반듯한 머리칼, 사각턱에 성실해 보이는 얼굴, 예의 바른 태도.

나타난 신사는 마물에게서 아크레시아를 구하고, 어딘가 먼 곳으로 여행을 떠났습니다.

잊을 만한 무렵이면 나타나 나라를 위기에서 구해낸 '사법'의 사용자들.

사람들은 그들을 '사법사'라 칭송하며 전설로 전하게 되었습니다.

그리고 이것은, 일곱 번째 사법사의 이야기――.

제 1 장 사법사 시이코

아크레시아 왕도와도 가까운 녹음이 풍부한 농업지대. 그저 넓기만 한 것 말고는 특징이 없는, 그런 흔해빠진 촌락 바깥쪽에 우리 집이 있다. 그 뒤뜰에서 나는 지금, 전설의 재래를 목격하고 있었다.

어두운 회색…… 아니, 검은색에 가까울까?

모닥불이 타닥거리는 소리와 함께 공중에서 모습을 드러낸 균열. 거기에서 빠져나온 것은, 그런 색이라고 설명할 수밖에 없었다.

그리고 그걸 올려다본 나는 어째서인지 그 검은색과 동그란 모습에 무척이나 마음이 끌렸다.

나는 얼굴 높이로 떠오른 그 동그란 무언가에 다가가서 조심조심 손으로 만져 봤다.

"윽?!"

그것은 근처에서 보니 가느다란 실을 매우 가늘게 짠 그물 같은 천으로…… 따스하고, 몹시 탄력 넘치는 것을 감싸고 있었다. 왠지 좋은 냄새가 난다.

"이게 전설의 존재……?!"

정신이 들자 나는 그것을 손으로 만졌다.

"으갸아아아악!! 변태!!"

지금은 대부분 노출된 그것이 인간의 하반신이라고 깨달았을 때, 나는 날뛰기 시작한 여자아이에게 걷어차여 깔리고 말았다.

◆

"정말로 죄송합니다. 사법사님이 그런 자세로 나오실 줄은 전혀 몰랐거든요."

나는 아까부터 바닥에 머리를 처박고 필사적으로 사과하고 있었다. 밑져야 본전으로 소환해봤는데 설마 정말로 성공할 줄은 몰랐다.

게다가 전설에 나오는 사법사는 중년 신사라고 했다. 나와 비슷한 또래의 여자아이가, 그것도 엉덩이부터 나온다니 들은 적이 없었다.

"네가 치한이 아니라는 건 알았으니까 이제 엎드려 사과하지 마. 그것보다 내가 묻고 싶은 건, 여기는 어디고, 명백하게 외국인 얼굴인 너는 누구냐는 건데…… 잠깐, 그 자세로 고개 들지 마! 팬티 보이잖아!!"

나는 황급히 일어섰다. 더 이상 무례한 짓을 해서는 안 된다.

사법사님은 목탄 같은 새까맣고 긴 머리에 조금 황색을 띤 신비로운 피부색을 가졌다. 그리고 얼굴은 믿을 수 없을 만큼 예쁘고 사랑스럽고, 커다란 눈동자에는 이지적인 빛이 반짝였다. 완전히 넋을 잃어버렸다는 걸 알아챈 나는 황급히 시선을 돌렸다.

잘 보니 복장도 촌락의 소녀들과는 입고 있는 게 전혀 다른, 본 적도 없는 옷을 입었다. 무척 커다란 옷깃이 달린 새하얀 상의에, 하반신을 감싸기에는 너무 작은 남색 스커트. 그리고 날씬한 양다리를 감싸는 건 고혹적인 검은 망사다.

"방에 있었는데…… 어느새 여기로 옮겨진 거야? 애초에 엄청 한적한데 여기는 미국? 아니면 유럽의 어딘가?"

사법사님은 모르는 나라의 이름을 거론하며 주변을 두리번두리번 돌아봤다.

"여기는 아크레시아라는 작은 나라예요. 당신을 여기로 불러낸 건 바로 저고요. ……사법사님, 부탁합니다! 제 스승이 되어 주세요!!"

나는 다시 고개를 숙였다.

"아크레시아? 그런 나라가 있었던가……. 그보다, 스승이 되어 달라니 정말로 영문을 모르겠는데……. 내가 마법사라니, 진심으로 하는 소리야? 다른 누군가와 착각한 거 아냐?"

사법사님은 혼란에 빠진 모양이었다. 그러나 전설에 나오는 사법사들도 처음에는 당황했다고 한다. 역시 진짜다.

"마법사가 아니에요. 마법사는 저죠. 당신은 마법사를 능가하는 존재, 전설의 사법사님이라고요!"

불안한 침묵이 흘렀다 ……어라?

"잠깐 기다려…… 두통이 올 것 같아. 니에 대한 것도, 아크

어쩌고라는 나라에 대한 것도, 마법이니 뭐니 하는 것도 전혀 모른다는 전제로 나한테 처음부터 전부 설명해 줄래?"

이세계에서 오신 사법사님이 이 세계의 안내를 원하는 건 당연한 일이다. 나는 말하기로 했다. 이게 아니더라도 아크레시아의 역사는 정말 좋아하니까.

"알겠습니다. ――어흠, 그럼 우선 우리 아크레시아의 성립부터……. 애초에 이 대륙에는 예로부터 세 개의 대국이 있는데――."

자세를 바로잡고 이야기를 시작하려 했는데, 눈앞에 손바닥이 나왔다.

"잠깐 기다려! 혹시 뭔가 굉장히 기나긴 설명을 시작하려던 거 아니야? 아~, 무리, 그런 거 진짜 무리거든. 세계사 같은 건 무지 싫어하니까, 설명은 세 줄로 요약해줘, 세 줄로!"

뭐……?!

자랑스러운 우리 나라의 역사를 세 줄로 줄이라니……. 하지만 사법사님의 소망이라면 따르지 않을 수는 없었다.

"우우…… 우선, 우리 나라는 아크레시아 신성왕국이라고 하고, 여기는 왕도 아크레시아에서 걸어서 한나절 걸리는 작은 농촌――."

"그럼 다음, 마법에 대해."

아직 다 말하지도 않았는데…….

"마법은 태생적으로 마력을 많이 가진 한정된 사람만이 쓸 수 있어요. 저도 마법을 쓸 수는 있지만, 대단한 일은 할 수 없고요. ……소개가 늦었네요. 저는 제랄드 몬티니라고 해요. 아무쪼록 제라르라고 불러주세요."

"그럼 제라르, 사법사라는 건 뭐야?"

"이세계에서 나타난 사법사의 전설은 태곳적부터 전해지는 것인데요. 본 적도 없는 차림새를 하고 멋들어진 수염이 난 신사는 이윽고 사법사라 불리게 되어, 마법을 없애는 사법을 사용해 우리 나라를 위기에서 구해 주셨다고 전해져요!"

나는 자랑스러운 마음이 들었다. 그러나 사법사님은 어이없다는 듯이 한숨을 내쉬었다.

"저기…… 그거, 게임 설정 같은 거야? 여기는 일본은커녕 지구조차 아니라는 거야? 그런 걸 믿으라고? 미안하지만, 슬슬 사실을 가르쳐 주지 않겠어? 사실 여기는 이탈리아 테마파크라고 해 준다면 고맙겠는데."

나는 현실을 받아들이지 못한 것 같은 사법사님에게 끈덕지게 설명을 되풀이했다.

"그러니까, 정말로 저는 마법사고, 여기는 아크레시아에요."

"하아…… 그거 아직도 계속할 거야? 그럼 그 마법? 써 봐. 불을 꺼내거나 하늘을 날거나."

사법사님이 지긋지긋하다는 표정을 지었다. 확실히, 실제로 보는 게 빠를 것 같다. 하늘은 날 수 없지만, 불 정도라면 꺼낼 수 있다.

"알겠습니다. 그럼 불을 꺼낼 테니까 보세요."

나는 깜짝 놀란 사법사님을 곁눈질하면서 정신을 집중했

다. 이제는 주문을 외우기만 하면 된다.

"호와아앗!! 부탁이니까 불 좀 꺼내 주세요! 부탁합니다! 부탁합니다! 호와앗!!"

"아니아니아니, 왜 그렇게 저자세야? 그보다 애초에 누구한테 부탁하는 거야, 호와앗~, 호와앗~, 이라니."

사법사님이 나를 바보 취급하듯이 웃으며 배를 잡았다. 큭…….

"효오오옷~!!"

나는 힘차게 오른손을 내밀었고, 마법의 불이…… 불이 나오지 않았다. 어째서?!

사법사님은 나를 가리키고는 눈물을 흘릴 정도로 웃으며 굴러다녔다.

이게 어떻게 된 거야. 실패다. 그야 내 실력은 대단하지 않지만, 그래도 매일매일 이 마법으로 촛대나 오븐에 불을 붙이고 있는데.

"후우, 후우……. 아아, 너…… 마법사는, 무리라도, 후우, 개그맨, 같은 거라면, 우훗, 될 수 있을지도…… 풉."

완전히 바보 취급하고 있다.

"한 번 더! 한 번 더 하게 해주세요!!"

나는 대답도 듣지 않고 다시 정신을 집중했다. 이번에야말로.

"호와앗~! 부탁합니다! 불 좀 꺼내주세요!! 왜냐하면 저는 부싯돌이 없으니까!! 안 나오면 밥을 지을 수가 없다고요오!!"

사법사님이 시야에 들어오지 않게 조심하며 다시 오른손을 내밀었다. 그러자 평소만큼의 기세는 아니었지만, 어떻게든 불이 나왔다. 다행이다.

"으에엑…… 진짜 나왔잖아……. 뭔가 트릭 같은 건 없는 거지?"

내 옷소매를 매만지고 있지만, 당연히 아무것도 없다.

사법사님 같은 분에게는 애들 장난에 지나지 않을지도 모르지만, 이러면 내 체면도 조금은 서겠지.

확실히 내 주문은 한심할지도 모른다. 그러나 아무리 그럴싸한 주문을 외워 봤자 핵심인 마력이 실리지 않으면 마법은 실패한다. 반대로 말하면, 쓰려는 마법에 최적의 마력을 실을 수만 있다면 나처럼 주문을 외워도 상관없다.

『제랄드…… 말이라는 건 자기가 생각하는 것보다 훨씬 강하게 마음과 이어져 있단다. 마력이란 마음에서 나오는 힘, 그러니 자신의 마음을 그대로 말로 표현하면 되는 거다──.』

주문을 입에 담고, 귀로 듣는 것으로 마력을 정련해서 마법이라는 형태로 표출한다. 자신의 마음에 솔직해질 수 있다면 마법 같은 건 간단하다. 돌아가신 아버지에게 그렇게 배웠다.

"아버지……."

"잠깐만, 아버지 얘긴 됐고 불타고 있어! 불타고 있다고!!"

조바심을 내며 꺼낸 불은 조준이 크게 엇나가서 벽 근처에 쌓여있는 마른 풀 일부에 옮겨붙었다. 이대로 가면 우리 집이 타 버리는 건 시간문제다. 큰일이다 근일이다 큰일이다.

"우오오오! 물이여 나와 주세요!! 부탁이니까!! 화재는 싫어어어!!"

"꺄아아아아!!"

내가 정신없이 불러낸 물은 엄청난 기세로 마른 풀에 명중했다. ……불을 끄려고 해 주신 사법사님의 하반신까지 함께.

◆

"정말로, 진심으로 죄송합니다앗!!"

나는 자리를 집 안으로 옮겨서 다시 바닥에 이마를 문질렀다. 모처럼 전설의 존재를 소환했는데 아까부터 대체 뭘 하는 걸까.

"하아……. 뭐, 악의는 없다는 건 알고 있으니까 이제 사과하지 않아도 돼. 그래도 말이지, 정말로 그…… 마법? 맞지? 불이나 물 같은 거 꺼내던 거."

사법사님은 그 검은 망사 같은 긴 양말을 쥐어짜면서 포기한 듯이 말했다.

"네. 이 정도의 마법이라면 저라도 쓸 수 있어요. 수준 높은 건 거의 무리지만요……. 사법사님을 불러낸 그 소환마법 정도일까요?"

뭐, 그래서 성공하리라고는 전혀 생각하지 못했지만.

"정말로 여기는 만화 같은 이세계고, 제라르는 마법사라는 건가~. 스마트폰 GPS도 안 잡히고, 마법을 몇 번이나 보았으니 역시 믿을 수밖에 없긴 하지만……."

잘 모르는 단어를 늘어놓던 사법사님은 겨우 납득한 모양이었다.

"그래도, 제라르는 한 가지 착각하고 있어. 나는 사법사라는 영문 모를 직업? 그런 게 아니거든. 나는 일본의 고등학생. 평범한 여자아이야. 아임 프리티 하이스쿨 걸. OK?"

사법사님은 자리에서 일어선 나를 곤란한 듯 바라봤다. 그 눈은 거짓말을 하는 것처럼 보이지 않았다.

"하지만…… 이세계에서 사법사를 소환하는 마법을 사용했더니, 실제로 당신이 나타났으니까……."

"방식이 잘못된 거 아니야? 어려운 마법이라며?"

확실히 그럴 가능성은 있다. 내가 쓴 마법이 진짜라는 확증은 없고, 옛날이야기와 달리 이번만큼은(?) 여자아이가 나왔다는 것도 이해가 가지 않으니까.

그러나, 전설에 나오는 사법사들도 처음에는 혼란스러웠다고 한다. 사법사님도 지금은 아직 완전히 자각하지 못한 걸지도 모른다.

"으~음…… 그럼 마력의 유무를 확인하는 굉장히 간단한 마법이 있으니까, 그걸 시험해 보는 게 어떨까요?"

원래는 마법사의 소질이 있느냐 없느냐를 판정하는 마법이지만, 사법을 사용하는 능력이 있다면 사법사님에게도 반응이 나올 거다.

"뭐?! 그건 아프거나 그러진 않는 거지?"

"괜찮아요. 주로 아이한테 쓰는 마법이니까요. 그럼, 잠깐 오른손을 빌려주실래요? 아, 그리고 이름도 가르쳐 주시면……."

"내 이름은── 으음, 시이코. 사기사카 시이코야."

사법사님의 손은 무척 매끈매끈했다. 마을의 소녀들과는 다르게 바깥일 같은 건 생각해 본 적도 없다는 듯한 손이다. 어쩌면 왕도에 사는 공주 전하의 손이 이런 느낌일지도 모른다.

저도 모르게 넋을 잃자, 의아한 시선이 쏟아졌다. 나는 다급히 영창을 시작했다.

"자지자자, 시이코 님의! 좋은 마력을 보고 싶어! 자자, 자, 자자자……."

"우왓……."

내 영창을 듣자, 사법사님은 질색한 표정을 지었다.

"좀 더 멀쩡한 주문은 없어?"

"그렇게 말씀하셔도, 이건 옛날부터 있던 기본인데요? 모두 처음에는 이렇게 배워요. 누가 생각한 건지는 모르지만요."

분명 내 실력이 불안한 것이리라. 하지만, 이런 간단한 마법은 실패하는 게 더 어렵다.

나는 영창을 마치고 마력을 주입하는 이미지를 떠올렸다. 이제 손등에 떠오른 문양의 농도로 마력의 강약을 알 수 있는데…….

"벌써 끝?"

……안 나온다. 전혀 안 나온다. 사법사님의 손에는 약간의 변화조차 보이지 않았다. 말도 안 돼. 어떤 인간에게도 조금은 마력이 있을 텐데. 이래서는 마치──.

"결과, 어떻게 나왔어?"

"그게…… 마력은 없는, 것 같아요……."

"그렇지? 그러니까 말했잖아. 나는 귀엽기만 한 평범한 여자아이라고. 이젠 알겠어?"

사법사님이 방긋 웃었다. 이게 어떻게 된 일이야. 사법사님이…… 아니, 시이코 님이 귀엽고 뻔뻔스러울 뿐인 여자아이였다니. 확실히 듣고 보니, 아크레시아에 위험이 다가오고 있다는 이야기도 들은 적이 없다. 역시 나 따위가 소환마법에 성공할 리가 없었던 거다.

"나는 마법 같은 건 쓸 수 없으니까, 미안하지만 제라르의 도움은 되지 못할 거야. 이쪽 세계에도 꽤 흥미는 있지만, 슬슬 돌려보내 주지 않으면 아무래도 다들 걱정할 테니까."

시이코 님은 안심한 듯 한숨을 내쉬었다. ──그렇다. 내가 가벼운 마음으로 불러내고 만 여자아이는, 본인의 사정과 돌아가야 할 집이 있다. 전혀 고려하지 않았던 그 사실을 떠올리자 식은땀이 흐르기 시작했다.

"……왠지 안색이 나쁜데, 괜찮아?"

"저기…… 대단히 말씀드리기 힘들지만…… 저는 사법사님을 원래 세계로 돌려보낼 방법을 몰라요."

시이코 님의 입이 쩌억 벌어지더니, 다음 순간 절규가 튀어나왔다.

"에에에에에에에엑?! 진짜로? 너 이세 못 돌아가? 거짓말이지?"

"절대로 돌아가지 못하는 건지도 아직……. 원래 세계로 돌려보낼 마법은 있을지도 모르지만, 저는 몰라요."

"그럴 수가…… 그럼 나, 이런 이탈리아 테마파크 같은 곳에서 앞으로 평생 지내야 한다고……?"

모든 것이 얼어붙은 듯한 침묵. 나는 죄책감에 짓눌릴 것 같았다. 애초에 가벼운 마음으로 소환마법 같은 대단한 것을 시도하려고 생각한 건, 나 따위가 성공할 리가 없다며 마음 놓고 있던 것이 크다. 게다가 만에 하나 성공하더라도 훌륭한 사법사님이 나와서 나를 제자로 삼아 어엿한 마법사로 육성해 줄 거다. 그렇게 내 입맛에 딱 맞는 전개가 펼쳐지리라 믿어 의심치 않았다.

"……있잖아. 애초에 제라르는 왜 그, 사법사를 불러내려고 한 거야?"

분노 때문인지 무척이나 조용하고 덤덤한 목소리. 나는 이미 시이코 님의 얼굴을 직시할 수 없었다.

"그건…… 전설에 나오는 굉장한 사람이 스승님이 되어 줬으면 하는 이기적인 희망 때문이었어요. 보시는 대로 저는 마법사지만 낙제생 수준이라서, 실은 요전에 왕도 마법학교에서 쫓겨난 참이거든요. 그래서 이리로 돌아와서 기분전환 겸 마도서를 읽어 보다가 소환마법 쓰는 법을 발견해서, 밑져야 본전으로…… 저, 저기!! 이제 와서 사과해 봤자 늦었을지도 모르지만, 이번에는 정말로 죄송——."

내가 다시 무릎을 꿇으려 하자, 시이코 님이 가느다란 팔과 어울리지 않는 의외로 강한 힘으로 끌어 올렸다.

"아~, 이제 그만그만. 칙칙한 분위기는 그만! 자, 똑바로 서고, 앞을 봐."

나는 저도 모르게 직립부동 자세가 되었다.

"화내지…… 않으시는 건가요?"

"전혀 화나지 않았다는 건 아니지만. 알고 있어? 인간은 변명하지 않고 사과하는 상대한테는 화를 내지 못한단 말이지. 이거 진상 고객을 상대할 때의 요령이야. ……뭐, 이미 저지른 일로 이러쿵저러쿵 떠들어 봤자 아무도 이득 보지 않잖아. 신경 쓰지 마!"

시이코 님은 내 어깨를 두드리면서 살짝 미소를 보여 줬다. 이 관용적이고 신성한 모습은 신화에 나오는 여신에 비유하더라도 전혀 부족함이 없을 게 분명하다. 전설의 사법사는 아니었지만, 이 분도 굉장한 인물이 아닐까?

"그보다도, 돌아갈 마법이 있을지도 모른다고 했지? 그건 이 세계 어딘가에 있는 거야? 그보다, 애초에 마법이라는 건 어떻게 써?"

신화의 세계로 날아갔던 의식은 시이코 님의 한마디와 함께 현실로 돌아왔다. 나는 마법을 쓰는 법을 자세하게 설명했다.

"마음과 말의 힘이라……."

"그리고 시이코 님을 원래 세계로 보내느리는 마법 말인데요. 사법사의 전설은 우리 나라가 발상지니까, 그런 마법이 존재한다면 분명 이 나라 어딘가의 마도서에 실려있을 거예요."

내 생각을 들은 시이코 님은 표정을 활짝 폈다.

"그럼, 그걸 찾으면 되는 거잖아? 뭐~야, 어떻게든 되겠네."

"자, 잠깐 기다려 주세요! 전문적인 마도서는 굉장히 귀중해서, 아무 데나 굴러다니지 않아요. 간단히 입수할 수 있는 게 아니에요."

나는 필사적으로 설명했다.

"그래도 제라르는 잔뜩 갖고 있잖아? 필요 없는 걸 사고판다든가, 교환하면 되지 않아? 최악의 경우 속여서 입수하거나."

역시 뭔가 잘못 이해한 모양이다.

"우리 집에 있는 건 전부 아버지가 모은 거예요. 애초에 마도서를 파는 사람은 거의 없어요. 마법사가 아닌 사람에게는 무용지물이고, 마법사라도 실려있는 마법을 쓸 수 있을 만한 실력이나 적성은 한정되어 있으니까요. 그래서 가격을 매길 수 없을 만큼 가치가 있다고도 할 수 있고, 가격을 매길 가치조차 없다고도 할 수 있어요."

아버지가 마도서를 수집하던 건 거의 취미였을 거다. 그러니 재채기가 멈추지 않는 마법이나, 전신이 가려워지는 마법 같은 게 적힌 영문 모를 마도서만 산더미처럼 쌓여있지.

"그럼, 레어급 마도서(?)는 어디에 있는데?"

"대부분은 왕성에 있다는 서고……에 있지 않을까요?"

그건 즉, 일반 평민은 건드릴 수조차 없다는 의미다. 그러니 원하는 마법이 기록된 마도서가 있다면, 거기밖에 없다.

"수고하십니다~ 하고 관계자인 척하고 들어갈…… 수 있을 리가 없나. 임금님의 성이니까."

"네. 왕성 마술사 말고 서고에 들어갈 수 있는 건, 그야말로 폐하를 비롯해 왕족, 거기에 중신 정도라고 아버지한테 들은 적이 있어요."

근위병단과 비견되는 직속 왕성 마술사단의 권세는 상당하다. 물건이 물건인 만큼, 마도서고는 그야말로 엄중한 경비를 서고 있을 거다.

"어라. 그럼 제라르의 아버지는——."

"네. 아버지는 왕성 마술사였어요. 하지만 작년에 사고로……."

아버지는 그런대로 지위가 있던 왕성 마술사였다. 그러나 뜻을 이루지 못하고 직장을 그만둘 수밖에 없었다.

왕도에서 촌락으로 돌아온 아버지는 술이 들어가면 언제나 이런 술주정을 부렸다고 한다.

마실 때마다 나는 함정에 빠졌다고 중얼거리던 아버지는 술에 취한 채로 나갔다가 강에 빠졌다고 나중에 들었다.

"미안. 쓸데없는 걸 물었네."

나는 신경을 써 준 시이코 님에게 쓴웃음을 지으며 대답했다.

"딱히 상관없어요. 제가 마법학교에 들어가고 나서는 1년에 한두 번 만날까 말까 했으니까요."

그러나 신기하게도, 아버지가 세상을 떠났다는 걸 알게 되자 나의 마법 숙련도도 뚝 넘춰 버렸다. 그래서 나도 마법학교를 떠나게 되었다.

"그럼 제랄드 마술사가 되면 되잖아. 아버지가 마술사였으니까, 제랄드도 될 수 있어!"

"죄송해요……. 사실은 그랬어야 했어요. 마법학교를 수료하고 졸업 시험을 치르는 게 왕성 마술사가 되는 제일 좋은 방법이니까요. 하지만 저의 힘이 부족해서……."

나는 미안함으로 가득했다. 그러나 시이코 님은 그대로 물러서지 않았다.

"제일 좋은 방법? 제일 좋은 방법이라고 했지? 그럼 두 번째도 있을 거 아냐. 두 번째 방법은 뭔데?"

시이코 님은 날카롭다. 확실히 딱 하나 방법이 있다. 그러나 그건 마법학교를 졸업하기보다 훨씬 어렵다.

"아크레시아 국왕 어전시합이라는 게 있어요. 그 무술 부문과 마법 부문에는 어떤 신분이라도 참가할 수 있고, 우승하면 각각 근위병단과 왕성 마술사단에 임관을 신청할 수 있어요. 옛날에 이국에서 흘러온 검사가──."

"좋아. 그걸로 결정~!"

"빠르다?! 확실히 이론상으론 불가능하지 않을지도 모르지만……. 하지만 마법 부문에는 왕성 마술사단의 마술사만 나오는걸요? 저도 몇 번 보러 갔었는데, 이길 수 있을 것 같지 않았어요."

어전시합이라는 이름이 붙은 만큼, 실제로는 왕족을 시작으로 수많은 관객들을 즐겁게 하는 것이 주목적이다. 즉, 왕성 마술사들이 평소에 해 온 단련의 성과를 보여 주기 위한

©Koin

여흥. 함께해 줄 상대도 없는 데다 낙제생인 나로서는 죽었다 깨어도 불가능하다.

"괜찮아 괜찮아! 제라르를 보면서 생각난 건데, 그래. 먼저 제라르는 상황에 맞는 표현을 고르는 법과 말솜씨가 한참 미숙해. 그리고, 자신감이 너무 없어. 그걸 바꾸지 않으면 인생의 패배자가 될 거야!"

나는 시이코 님의 지적을 듣고 놀랐다. 지금까지 자신감이 없다는 말을 자주 들어 왔기 때문이다.

"그렇……겠죠. 그럴지도 몰라요. 그런데 뭘 어떻게 해야 좋을지…….."

"우리 엄마가 그런 일을 했거든. 뭐, 까놓고 말해서 그냥 자기 계발 세미나지만, 나도 노하우라면 어느 정도 알고 있으니 안심해도 돼. 내 자기 계발 세미나를 듣고 해피라이프로 스텝업하자. 새로운 자신을 찾아낼 수 있다면, 마음의 파워로 마법 같은 것도 팍팍 쭉쭉 성장할 테니까(※효과에는 개인차가 있습니다)! 가즈아!"

아아, 영문을 모르겠다. 잘은 모르겠지만, 시이코 님의 주문은 어딘가 수상한 매력으로 가득했다. 그리고 자신만만한 시이코 님의 태도를 보니 분명 옳은 말일 것이라고 느껴졌다.

"자, 잘 부탁드립니다!"

"뭐, 이렇게 된 이상 나도 믿을 수 있는 건 제라르밖에 없어. 난 사법이라는 건 쓸 수 없는 모양이지만, 대신 확실하게 교육해 줄게. 과거는 물에 흘려보내고 서로 Win-Win 관계를 쌓아 보자."

멋대로 소환했는데도 가르침을 받을 수 있다니 바라 마지 않던 기회다.

조금 냉정하게 생각해 보면, 사법사도 아니고 마법도 쓸 수 없는 사람에게 배우는 의미가 과연 있을까 싶기도 하지만, 시이코 님을 보고 있으면 그런 고민은 하찮은 것처럼 느껴진다.

"감사합니다, 스승님!! 아, 스승님이라 불러도 될까요?!"

"어, 안 돼. 당연히 안 되지. 그런 호칭은 귀엽지 않잖아. 님을 붙이다니. 내가 연상 같기는 하지만, '짱'을 붙이는 거라면 허락해 줄 테니까, 그렇게 불러."

왠지 송구스럽지만, 시이코 님이 바란다면 어쩔 수 없다.

"그, 그럼 다시금……. 스승짱! 잘 부탁합니다!!"

"아니야~!! 이름에 붙이는 거라고. 아니면 시짱이라고 부르는 것도 좋아. 친구들은 다들 그렇게 부르니까. 알겠어?"

"네, 시이코 님! ……아, 죄송합니다. 시, 시, 시승짱? 아."

스승짱은 머나먼 곳을 바라봤다.

"아~, 이제 그냥 됐어. 스승이든 뭐든 마음대로 불러."

"죄송합니다……."

"그런데, 여기는 제라르의 집이야? 왠지 굉장히 너저분한데. 전등도 없고, 바닥에는 흙도 그대로 있고, 창문도 유리가 안 달려 있잖아 이 세계의 문화 레벨은 중세 징모인가? 그렇다면……."

마치 세계의 미래라도 염려하는 듯이 고민에 잠긴 스승짱은 숭고하고 심오한 생각을 하고 있는 게 분명했다. 잠시 뒤, 심각한 표정으로 스승짱이 입을 열었다.

  "……제라르, 역시 여기는 목욕탕이나 화장실 같은 것도 없어?"

제 2 장　왕도에 가는 스승짱

　다음 날 아침. 스승짱과 나는 장을 보러 왕도로 가는 가도
를 걷고 있었다.

　스승짱의 세일러복이라는 옷은 무척 개성적이고 잘 어울리
지만, 아무래도 너무 눈에 띈다. 그러나 집에는 대신할 여성
복이 없다. 덤으로 어전시합의 자세한 정보를 얻어야 한다는
목적도 있었다.

　"그나저나 정~말로 그냥 넓기만 하네. 지평선까지 평야와 숲
뿐이고 차도 사람도 없다니, 산소가 너무 진한 느낌. 으응~!!"

　스승짱은 넓은 길 한가운데를 걸으며 기지개를 켰다. 세일
러복 위에 걸친 망토 옷자락에서는 하얀 맨다리가 상반신을
움직일 때마다 드러난다.

　"그런데 스승짱. 오늘은 그 검고 긴 양말은 안 신나요?"

　맨다리도 그것대로 매력적이지만, 역시 내가 끌리는 건 그
검은 양말이다.

　"긴 양말이라니, 스타킹 말이야? 날씨가 따뜻하니까 집에
두고 왔는데, 왜?"

　"어, 그건…… 그~게, 저기."

　"아, 뭔가 에로스한 걸 생각했지? 우와, 제라르는 귀여운

얼굴이면서 팬티스타킹 페티시구나. 그러고 보니 내가 나왔을 때도 문질렀었지. 우와, 야해라~. 극혐~. 에로스 제라르 진짜 극혐~."

스승짱은 즐겁게 나를 책망했다.

"아니거든요! 이세계의 복장에 흥미가 있어서…… 그게, 신기해서……."

"그래그래. 검스 페티시 제라르 군. 대회에서 우승하면 포상으로 마음껏 신어 줄게."

완전히 오해를 사고 말았다. 그래도 우승하면 마음껏 지적 호기심을 채울 수 있다고 생각하자 나는…….

『마음껏 신어 줄게』라는 주문은 내 마음에 선명히 새겨졌다.

나는 길을 걸으며 스승짱이 살던 세계의 이야기도 이것저것 들었다.

"학교는 아마 제라르가 다니던 마법학교와 비슷할 거야. 반 애들이 모여서 수업을 받거나 공부하는 걸 보면서 그 옆에서 만화를 보거나 자고 있었어."

스승짱은 그 실력 때문인지 반에서도 특별한 지위였다고 한다.

"나는 커뮤니케이션 연구회라는 서클에 들어갔었는데, 마법학교에는 부활동 같은 거 없어?"

"없었을 걸요. 부활동이라는 건 뭘 하는 건가요?"

"토론 같은 것도 했었지만, 내가 들어가고 나서는 비즈니스 모델 시연 같은 것도 자주 했었지~. 좁은 방에 손님을 모아

놓고 손을 든 사람에게 공짜로 물건을 나누어 주다 보면 마지막에는 깃털 이불 세트를 사고 만다, 그 이유는 무엇인가? 같은 이야기를 했지."

나는 무슨 소린지 잘 알 수 없었지만, 분명 세상과 사람을 위해 고상한 활동을 하고 있었으리라.

해님이 절반쯤 올라간 무렵에는 가도의 폭도 무척 넓어지고, 길 양옆에 집이나 밭도 늘어났다.

"오호, 소다 소! 소가 있잖아! 맞다, 제라르, 오늘 밤은 고기 구워 먹자!!"

날씬한 몸 어디에 저런 기운이 나는지, 스승짱은 길가를 향해 내달렸다. 그 눈과 코 너머에는 야윈 소가 밭에서 쟁기를 끌고 있었다. 쫓아간 나는 독특한 냄새를 맡고 인상을 찌푸렸다.

"고기라니, 소고기 말인가요? 그런 걸 좋아하시나요? 그야 콩보다는 낫겠지만……."

"뭐~? 소고기 맛있잖아?"

"저는 역시 돼지나 양이 더……. 비싸서 가끔밖에 먹지 못하지만요."

소고기는 쇠약해진 소를 처분하는 때 말고는 손에 들어오지 않기에 언제나 살 수 있는 게 아니기도 하고.

"어느 세계도 고기는 비싸구나~. 그래도 할머니가 좋아했으니까, 매달 한 번 정도는 갔었거든."

"……간다고요? 어디로요?"

어딘가 맞물리지 않는 대화를 나누면서 계속 앞으로 걸어가자, 멀리 왕성이 보였다. 그 앞에는 시벽(市壁)과 무수한 가옥. 왕도에 들어가는 사람이 늘어나서 시벽 바깥까지 삐져나오고 있었다.

사람 사는 곳에서 멀어지면 가끔 마물이 나올 뿐, 쳐들어오는 나라도 없는 현대에는 성벽 안이건 밖이건 큰 차이가 없을지도 모른다.

◆

"자자, 비켜 비켜!"

기세등등한 목소리와 함께 짐수레가 바로 뒤에서 지나갔다.

먼지가 많은 왕도 안은 변함없이 사람과 물건으로 가득했다. 오늘이 경축일이기도 해서 그런지, 석조 건물 가게나 거주지 사이에 늘어선 포장마차까지 합쳐져서 발 디딜 틈이 없을 정도다.

"역시 도회지라면 3층 건물이나 4층 건물인 집도 있구나~. 여기도 유리창은 없어 보이지만."

"유리 같은 비싼 건 아마 교회나 길드 회관 정도밖에 없지 않을까요?"

"저기, 어디서 종소리 들리지 않아?"

"아, 시계탑의 종이네요. 분명 정오가 된 거겠죠."

"우왓, 굉장해! 저기 봐 봐, 저기 아저씨 포장마차에서 이를 뽑고 있잖아?! 아, 옆에 주스 같은 걸 팔고 있어! 나도 마시고 싶어. 제라르, 잔돈 있어?"

"네네. 잠깐 기다려 주세요."

그리고 스승짱은 모든 것에 부지런히 흥미를 보였다. 나는 스승짱을 따라다니면서 천천히 도시 중심으로 향했다. 옷가게도 많고, 왕성의 명령을 전달하는 전령이 있다면 다음 어전시합에 대해서도 들을 수 있으리라.

"우우, 아까 그건 이상한 맛이 난다 했더니 술이었던 것 같아……. 엄청 뜨거워졌어~. 저기, 저건 뭐 하는 거야?"

스승짱이 가리킨 곳에서는 작은 인파가 모여 있었다. 그곳, 광장 구석에 우뚝 솟은 포장마차에서는 점주로 보이는 남자가 뭐라 말다툼을 벌이는 중이었다.

"됐으니까 돌려 달라고 하잖아!!"

새된 목소리로 고함치는 소년. 너덜너덜한 후드 속에서 보이는 옆얼굴이 무척 눈길을 끌었는데, 아무래도 원래부터 그런 피부색인 모양이었다. 즉, 일반적인 인간은 아니다.

"그럴 수는 없지. 너, 공짜로 먹고 마셔 놓고 돈이 없다고 했잖아. 돈이 없어도 그럴싸한 물건이 있으면 그대로 놔두고 가야지. 헤헤헤."

왕도에 오면 때때로 보는 광경이다. 서비스인 척하고 멋대로 술이나 음식을 내주고는, 나중에 어마어마한 요금을 청구

한다. 익숙한 사람이라면 그런 수상한 호객꾼은 상대하지 않지만, 모른다면 이렇게 걸려 버리기도 한다.

원래는 마지못해 어느 정도 돈을 내고 끝이지만, 끝날 분위기가 전혀 아니다. 아무래도 소년은 돈이 전혀 없는 모양이다.

"그러니까, 이것만은 줄 수 없다고 하잖아!!"

"뭘 모르는 놈이구만. 요금 대신이니까, 싫으면 돈을 가려오라고 하잖아."

점주는 소년에게서 빼앗은 것처럼 보이는 목걸이를 보란 듯이 어루만졌다.

"바가지 씌우기라~. 어느 세상이든 있는 법이네."

스승짱은 태연해 보였지만, 나는 안절부절못했다.

"스승짱. 전 잠깐……."

그렇게 말하려다가, 어깨에 손이 올라갔다.

"기다려. 설마 제라르, 저기에 끼어들 생각은 아니겠지?"

그 설마였다.

"바가지 씌우기는 나도 싫어하지만, 당하는 사람에게도 나름대로 빈틈이 있는 거야. 그래도 뭐, 이걸로 좋은 공부가 되겠지."

나는 매정한 스승짱에게 처음으로 반감을 느꼈다. 어느새 입이 열렸다.

"안 돼요! 저 아이, 갈색 피부잖아요? 아마 고블린이에요. 이대로 계속된다면 언젠가 경비병이 올 거예요. 경비병은 아인에게 엄해요. 붙잡히면 변명 같은 건 들어주지 않을 거예요."

그렇게 되면 채찍질 정도로는 끝나지 않을지도 모른다.

"고블린?! 왠지 게임 같네. 그런 것도 있구나."

왕도만큼 커다란 도시라면 가끔 고블린 같은 아인도 볼 수 있다. 머리색이나 피부색, 뿔이나 꼬리나 귀 같은 걸 제외하면 인간과 별로 다르지 않은 그들은 대부분 얌전히 직공이나 장사꾼이 되어 나름대로 녹아들고 있지만, 저 고블린 소년은 시골에서 막 온 걸지도 모른다.

"웃기지 마!! 말로 해서 못 알아듣겠다면, 힘으로 되찾겠어!!"

격양한 고블린 소년은 곤봉 같은 것을 꺼냈다. 주변 사람들이 웅성거리며 거리를 벌렸다.

"이크, 이거 무섭구만. 하지만 너 같은 난폭한 놈이 있으니까 이쪽은 마법사 선생님을 모셨다 이 말이야."

점주는 그렇게 말하며 몸을 돌렸다. 포장마차 뒤쪽에서 눈초리가 험악한 남자가 고개를 내밀고 있었다.

큰일이다. 저 마법사가 얼마나 실력자인지는 모르지만, 마법이 얽힌 싸움이 벌어지면 누군가가 병사를 부를 것이다. 다음 순간, 몸이 움직였다.

"잠깐 기다리세요!!"

나는 스승짱의 손을 떼고 소란의 중심으로 뛰어들었다.

"제가 대신 내죠. 얼마인가요?"

고블린 소년을 등에 가리고 점주에게 물었다. 기세가 꺾인 점주와 마법사는 나를 수상하게 바라봤다.

"뭐, 뭐야 넌, 누구——."

"아~!! 이 아이는 제 지인이라서요. 그래서, 얼마죠?!"

등에서 나온 의문을 덮어씌우기 위해 목소리를 높였다. 점주는 그런 나를 바라보고는 입꼬리를 씨익 들었다.

"아~, 그러냐. 그거 고맙군. 그럼 맹물과 과일과 빵까지 다 합쳐서 5000 리브레다, 도련님."

무심코 귀를 의심했다. 5000 리브레라면 내 반년 치 식비로 쓰고도 남을 정도다. 비싼 것도 정도가 있지. 그리고 가진 돈은 1500 리브레 밖에 없다.

설마 이렇게나 바가지를 씌울 줄은 몰랐다. 날 얕잡아 본 걸지도 모른다.

"이 자식!! 아까는 1000 리브레라고 했으면서!"

뒤에 있던 고블린 소년이 내 어깨를 잡고 밀어낼 기세로 외쳤다. 팔꿈치에서 묘한 감촉을 느꼈다. ……응?

"그건 아까 이야기지. 이렇게나 영업을 방해했으니 말이다. 위자료도 포함해서……."

점주의 이야기가 갑자기 끊겼다. 어느새 주변의 소란도 대부분 가라앉았다.

그 자리의 모든 시선이 향한 곳에는, 그분이 있었다.

"아~ 더워라. ──자자, 내 제자를 호구로 보는 건 거기까지야."

인파를 가르고 이리로 천천히 다가온 스승짱은 이미 전신을 덮은 망토를 벗었다. 자연스레 그 우아한 일거수일투족에서 눈을 뗄 수 없게 되었다.

흑요석 같은 색상의 머리, 아름다운 얼굴, 그리고 세일러복. 주목을 모을 요소가 많은 건 사실이지만, 이미 익숙했던 나조차도 넋을 잃게 된 걸 보면 역시 천성적으로 무언가 타고 난 것이리라.

스승짱은 나와 점주 사이로 끼어들더니 천천히 입을 열었다.

"이봐, 아저씨. 이 도련님은 내 일행이거든. 그리고 아무래도 쟤도 지인인 것 같아. 귀찮으니까 이걸로 손을 떼 줘야겠어."

스승짱은 그렇게 말하며 품속에 손을 넣었다. 다음 순간, 그 손에는 금은으로 반짝이는 별 모양 액세서리가 있었다.

"뭐, 아저씨가 이것의 가치를 모를 만큼 보는 눈이 없지는 않겠지만. 일단 가르쳐 주자면, 이건 토리츠미나 공국 왕족의 증표야. 장인이 만들어서 이만큼 가벼워졌지. 괜찮은 곳에 주면 30000…… 뭐, 20000 리브레는 가볍게 받을 수 있을 텐데, 이쪽에도 여러모로 바깥에 드러낼 수 없는 사정이 있단 말이지."

나는 스승짱에게 받은 액세서리를 양손으로 들었다. 확실히, 놀랄 만큼 가볍다. 그리고 자세하게 보지 않으면 모를 만큼 복잡한 문양이다.

"자, 잠깐만요! 이런 귀중한 보물을 건네도 괜찮으신가요?!"

액세서리가 햇살을 받아 복잡하게 빛날 때마다 주변 사람들이 소란스러워졌다.

바가지 수법에 당해서 어쩔 수 없다고는 하지만, 이런 보물을 쉽게 건네는 건가. 도저히 내 이해력이 따라가질 못한다.

"괜찮아 괜찮아. 제대로 처분하는 것도 고생이니까."

머릿속이 빙글빙글 돌아가던 내 손에서 액세서리를 가져간 스승짱이 멍하니 있는 점주에게 쥐어 줬다. 그리고 다른 손에 있던 목걸이를 들었다.

"하~아. 이런 걸 위해서라. 뭐, 나쁘지는 않지만 기껏해야 2000 남짓이려나. 그럼 가자, 제라르."

스승짱은 다시 망토를 걸치고는 바로 걸어갔다. 나는 고블린 소년의 손을 잡고 서둘러 뒤를 따라갔다.

"자, 잠깐만요, 스승짱! 아까 그건 정말로……."

"쉿! 조용히 해, 제라르. 고브코도 말이지. 다음다음에서 옆길로 빠질 거야."

거부를 용납하지 않겠다는 듯이 말한 스승짱은 인파에 섞여서 빠르게 나아갔다.

……고브코? 나는 그 의도를 알아채지 못한 채, 그 가녀린 등을 쫓아갈 수밖에 없었다.

이윽고 좁은 골목으로 들어가서 두 번 정도 꺾은 우리는 인적이 없는 공터에서 한숨을 돌렸다.

"스승짱. 도와주신 건 고맙지만, 아까 그건……."

냉정해지자, 터무니없는 일이 벌어졌다는 기분이 들 수밖에 없었다. 나의 경솔한 행동 탓에 스승짱이 보물을 잃게 된 것이다.

그러나 핏기가 가신 표정을 지은 나를 본 스승짱은 웃음을 참고 있었다.

"우훗…… 보물이라니. 제라르, 좋은 리액션이었어."

……어?

"아까 그 배지 말인데. 그건 그냥 학교 배지거든. 원가 1 리브레 정도야."

1 리브레?! 1 리브레라면 빵 한 조각조차 살 수 없는 돈이다.

"그, 그래도 그렇게나 가벼운데도 황금색으로 반짝여서……."

"그야 도금했을 뿐인 플라스틱제니까."

"게다가 훌륭한 세공까지 되어있었는데요."

"그건 도립 미나미라고 새겨져 있던 거야. 내가 다니던 도립 미나미 고등학교라고 해서 토리츠미나미(도립 미나미)."

대체 뭐가 사실일까? 뭐가 뭔지 알 수 없게 되었다.

"잠깐, 너희들."

"스승짱은 역시 고귀한 신분이셨나요?"

"아냐 아냐. 아까 그건 유래를 대충 날조했을 뿐이야. 어제도 말했듯이, 나는 좀 귀여울 뿐인 평범한——."

"잠깐만!!"

가까이서 큰소리가 나오자 나는 정신을 차렸다. 그러고 보니 고블린 소년의 손을 계속 잡고 있었다.

"너희는 대체 뭐냐? 도와준 건 고맙지만……."

"미안미안, 나는 제라르라고 해. 이쪽은 내 스승인 시이코님. 너는——."

몸을 돌린 나는, 숨을 삼켰다.

후드를 벗은 고블린 소년—— 아니, 소녀는 무척 귀여운 얼굴이었다. 망아지 꼬리처럼 모은 긴 은발이나 뾰족한 귀도 눈에 띄지만, 무엇보다 눈길을 끄는 건 언밸런스라고 할 정도로 근사한 스타일이다. 키는 남자치고는 작은 편인 나와 비슷한 수준인데 망토로 가리고 있던 가슴은 지금까지 본 적이 없을 만큼 크다. 그럼 아까 내 팔꿈치에 닿았던 건……!!

"제라르에 시이코인가. 말려들게 해서 미안했다. 사실 난 고향에서 막 나왔는데, 시갑을 도둑맞은 바람에 갈피를 못 잡다가 이런 꼴을 당한 거야. ……젠장, 지금 생각해도 열받는군. 그 망할 양아치들!"

고블린 소녀는 이야기하는 동안에도 표정을 휙휙 바꿨다. 말할 때마다 엿보이는 덧니는 오히려 애교였다. 고블린과 이야기하는 건 처음이지만, 천박하고 심술궂어서 미움을 받는다는 세간의 소문과는 무척 다른 인상을 받았다.

"뭐, 상관없잖아. 고브코의 목걸이는 되찾았으니까. 그보다도 고브코, 고블린은 다들 그렇게 가슴이 커?"

스승짱은 겁먹지도 않고 말을 걸었다. 고블린 소녀는 눈을 휘둥그레 떴다.

"가슴……?! 그보다, 고브코라는 건 나를 말하는 거냐? ……어흠. 소개가 늦었는데, 나는 아더 이장의 손녀이자, 전사도 맡고 있는 사람이다. 이름은 로잘리아 갈라티 로즈몬드 벨브룬……."

©Koin

"아~, 더는 무리. 그렇게 긴 건 무리야. 고브……까지밖에 기억 못해. 고브코면 되잖아 고브코면."

"고브…… 같은 건 어디에도 없었잖아?!"

스승짱이 시치미를 떼자 로잘리아는 새빨개져서 화를 냈다. 나는 쓴웃음을 지었다.

"자, 자자. 그보다도 스승짱. 그 목걸이, 이 아이에게 돌려줘야죠."

"그, 그랬지! 그게 없으면 나는……!!"

스승짱은 아~, 그래그래 하고 손을 두드리고는 품에서 꺼낸 목걸이를 로잘리아에게 내밀었다.

로잘리아는 황급히 목걸이에 손을 내밀었다. 그 손이 닿기 직전, 스승짱이 그걸 스윽 당겼다.

"흐갹!!"

손발로 허공을 가르며 넘어질 뻔한 로잘리아를 내가 직전에 부축했다.

"제대로 돌려주겠지만, 자~암깐만 기다려. ──저기, 제라르. 이거 얼마 정도 할까? 보기만 해서는 꽤 비싸 보이는데."

그 말을 들은 나는 은색 목걸이를 찬찬히 살폈다. 파란색과 분홍색 보석이 자잘하게 박혀 있는 목걸이는 문외한이 보기에도 근사한 완성도였다. 원래 고블린은 이런 세공품을 만드는 게 특기라고 들었다. 확실히 그들밖에 만들 수 없는 일품이다.

"그 점주가 뺏고 싶어 하던 것도 이해가 가네요. 사려면 상당히 비싸게 들 거예요."

"흥, 당연하지! 우리 마을 직공이 심혈을 기울인 것들 중에서도 제일가는 완성도니까. 이걸 팔아야 하는 큰 임무를 맡은 것이, 마을 최고의 전사인 나인 거다."

로잘리아는 의기양양하게 커다란 가슴을 젖혔다. 반사적으로 응시하게 되니까 정말 그만뒀으면 좋겠다.

"흐응, 그렇구나. 그럼 모두를 위해 가급적 비싸게 파는 게 좋은 거네. 그럼 내가 고브코 대신 팔아 줄까? 그런 교섭은 특기니까. 아까 봤잖아?"

스승짱이 은근슬쩍 조력을 제안했다. 매정해 보이면서도 결국은 도와주는 걸 보니, 역시 사실은 자애 넘치는 사람이다.

"정말이냐?! 그럼 고맙지. 솔직히 왕도까지 오기는 했는데 어디를 어떻게 해야 좋을지도 몰라서 우왕좌왕하고 있을 때 지갑까지 도둑맞아서 슬슬 곤란한 참이었거든."

로잘리아는 풍만한 가슴을 쓸어내렸다. 정말로 알기 쉬운 여자아이다.

"맡겨 두라고. 그럼 고브코는 여기서 기다려. 제라르, 가자."

나는 앞길을 향해 걸어가는 스승짱을 서둘러 쫓아갔다.

자, 그럼. 목걸이를 팔 수 있는 가게라면…….

"그럼 슬슬 옷이라도 사러 갈까?"

스승짱이 아무렇지도 않게 말했다.

"네? 목걸이는요? 먼저 팔러 가는 거 아닌가요?"

"그거야 뭐, 땡잡았다고 치는 거지."

스승짱이 무슨 말을 했는지를 이해하는 데 한동안 시간이 필요했다. 그리고 외쳤다.

"네에에엣?! 그런 짓은 절대 하면 안 되잖아요!"

몸을 돌리자, 로잘리아는 살며시 앉아서 얌전히 기다리고 있었다. 남을 속이는 짓을 할 수는 없다.

"거짓말 거짓말, 농담이야. ──자, 고브코. 이리 와! 같이 가자!"

"후아앗?!"

로잘리아가 황급히 달려왔다. 스승짱은 어이없다는 표정을 지었다.

"이봐, 고브코. 이대로 우리가 돌아오지 않으면 어쩔 셈이었어?"

"응? 어째서 돌아오지 않는다는 거냐?"

정말로 이 아이는 고블린이 맞을까?

"하아……. 고브코, 넌 사람을 너무 간단히 믿어. 의심하는 법도 배워야지. 그래서야 고브코처럼 멍청하고 가슴이 큰 여자아이는 순식간에 에로스 제라르 같은 녀석한테 먹잇감이 될 거야."

왜 내가 그런 짓을?!

"가……가슴은 상관없잖아?!"

"엄청 많거든. 제라르, 고브코의 가슴에 낚여서 도와준 거지? 제라르는 정말 에로스하다니까."

"뭐, 뭐라고……?!"

로잘리아는 얼굴을 붉히며 양손으로 가슴을 가렸다.

"아, 아니거든요! 이렇게 귀여운 아이인 줄 알고 했던 게 아니라고요!! 처음에는 남자인 줄 알았으니까요!!"

나는 맹렬하게 항의했지만, 로잘리아는 고개를 숙이고 시선조차 맞추지 않았다.

"흐~응. 뭐, 아무튼. 아까 그건 속기 쉬운 고브코를 위해 시연을 보여준 거야."

정말일까…….

"그럼, 마음을 다잡고 어딘가로 팔러 갈까~. 이 목걸이라면 평범하게 팔아도 상당한 가격이……."

그때, 전방에서 파닥파닥 발소리가 들려왔다.

"있다아아! 사기꾼 놈들!"

그런 말을 내뱉은 것은 그 바가지 점주였다. 그 이마에는 푸른 핏대가 몇 개씩 돋아나 있었다. 더욱 곤란한 건, 그 옆에 마법사 남자까지 대기하고 있다는 것이다.

"이놈들, 영문 모를 고물딱지를 주다니. 어떤 마법인지는 모르겠지만, 아무래도 수상해서 불을 갖다 대니까, 아니나 다를까 검게 녹아서 사라져 버렸다고."

아무래도 스승짱이 넘겨준 게 수상했던 모양이다.

"아~아. 플라스틱은 이 세계에는 둘도 없는 귀중품이었는데. 아까운 짓을 저질렀네."

"닥쳐! ……마지막 친절이다. 닥치고 가진 돈을 전부 두고 가는 것, 험한 꼴을 당하고 가진 걸 모두 털리는 것, 어느 쪽을 고를 테냐?"

역시 이렇게 되나…….

"뭐~가 친절이야. 애초에 네가 처음부터 바가지를 씌우려고 했잖아. 부끄러운 줄 알아야지, 부끄러운 줄."

도발하는 스승짱을 본 점주는 오히려 기대한 대로라는 듯이 웃었다.

"좋아, 해치워라."

앞으로 나온 마법사 남자가 바로 주문 영창을 시작했다.

"우오오오오오오……! 이……! 불꽃……! 무지 굉장한 불꽃……! 이 불꽃은 뜨겁다고……! 이 굉장한 불꽃이…… 반드시 너희를 불태울 거다……!!"

남자의 마력이 높아지는 게 느껴진다. 기백이 담긴 영창이라 자연스레 내 전신에 소름이 돋았다. 각오를 다지려는 그때.

"으응~? 뭐야 그거. 그게 마법 주문?"

전혀 긴장감이 느껴지지 않는 목소리가 나왔다.

"좀 너무하지 않아? 목소리만 쓸데없이 큰데, 아까부터 불, 굉장해, 뜨겁다밖에 말하지 않잖아. 어휘력 너무 부족한 거 아냐? 머리 나쁜 티가 너무 나잖아."

남자의 얼굴이 얼어붙었다. 듣고 보니 확실히 머리는 좋지 않은 것 같다……!

"이 바보, 뭐 하는 거야. 정신 차려!!"

점주가 질타하자 남자는 정신을 차리고는 "젠장앙!" 하고 고함치면서 양손을 스승짱에게 내밀었다. 큰일이다.

"나는 바보가 아니야아아!!"

나는 바로 눈을 감고 스승짱 앞으로 나섰다. 마력을 가진 인간이나 마물은 마법에도 어느 정도 내성이 있다.

　"꺄아아!!"

　푸쉬익 하는 소리. 내성이 있기는 해도 정통으로 맞으면 대미지는………… 대미지는…… 없다. 아무것도 맞지 않았다.

　"제라르!! 괜찮아?!"

　조심조심 뜬 내 눈에 비친 것은, 걱정해주는 스승짱과 마법이 실패해서 멍해진 남자의 얼빠진 얼굴이었다.

　"네. 어찌어찌."

　"아, 역시? 하긴 연기 같은 것밖에 안 나왔으니까."

　스승짱은 미소를 지었다. 조금 더 걱정해 줬으면 좋겠다는 기분이 들었다.

　"좋~았어. 그럼 다음은 제라르의 마법으로 날려 버려!"

　바라보니, 남자는 무시무시한 표정으로 다음 영창을 시작했다. 행운이 두 번이나 이어질 것 같지는 않아. 나는 마법의 화살을 날리는 주문을 외우기 시작했다.

　"우오오오오!! 이게…… 어~어, 굉장한 땅속 지옥 업화의 화염이 내 두통이 아파서 말에서 낙마…….."

　"하아아아앗! 하늘에서 내리는 굉장한 빛의 화살…… 돌벽…… 아니 판 정도라면 꿰뚫을 수 있는 굉장한 화살로오…….."

　스승짱은 질색한 표정으로 나를 바라봤다. 잘 생각해보니 내 어휘력도 비슷비슷했다……!!

　"날이가라!"

내 마법이 완성된 것은, 퍼억 하는 둔탁한 소리가 들린 직후였다.

"후우."

앞으로 거꾸러진 남자 옆에는, 곤봉을 든 로잘리아.

"앗……."

표적을 잃고 휘청휘청 움직이던 빛은 뒤에 있는 점주를 대신 노리고 천천히 날아갔다.

"어? 끄아아아아아아악!!"

점주가 정신을 차렸을 때, 고도가 살짝 낮아진 빛이 마침 사타구니에 직격했다. 점주는 마법사 위에 엎어지듯이 쓰러졌다. 저런 곳을 노릴 생각은 없었지만, 뭐 자업자득이다.

"제법이잖아, 제라르! 자, 양손을 들어, 고브코도!! 이예~이!"

재촉을 받은 내가 양손을 들자, 스승짱이 그 손을 후려쳤다. 짜아악 하는 경쾌한 소리가 났다.

"이, 이렇게? ……히, 히이이이이아아아아악!!"

범상치 않은 비명에 놀라서 돌아보자, 스승짱이 로잘리아의 두 가슴을 덥석 움켜쥐고 있었다. 집요한 손 움직임에 맞춰서 자유자재로 형태를 바꾸는 두 언덕. 그 박력 앞에서 내 눈은 저도 모르게 고정되고 말았다.

"같은 인간인데 왜 이리 다른 걸까? 아, 인간이 아니었던가."

"그, 그만, 그만, 그만둬…… 앗."

의리 있게 양손을 위로 올리고 있던 로잘리아는 스승짱이 손을 멈출 때까지 당하고만 있었다.

"아아, 부러워라 샘나라. 적어도 고브코의 절반 정도라도 됐나닌~."

"우우……."

조그만 자신의 가슴에 손을 대는 스승짱 옆에서 로잘리아는 울상을 짓고 주저앉았다.

"크으…… 왜 제라르는 이런 여자를 스승으로 모시는 거냐? 그보다 애초에 너는 대체 뭐야? 제라르의 스승이라면 마법사냐?"

로잘리아의 의문은 지당하다. 실제로 가르침을 구하려는 나조차도 잘 모르니까.

그러나 스승짱의 입에서 나온 건, 예상치도 못한 말이었다.

"나? 나는 전설의 사법사……일지도? 아무래도 여러모로 짜 맞춰 보니까 그런 것 같단 말이지."

스승짱에게는 마력이 없다는 걸 함께 확인했는데. 내 머리는 혼란에 빠졌다.

"뭐? 그게 뭐냐."

"어라어라? 잠깐만, 제라르. 사법사는 유명하지 않았어?"

스승짱의 토라진 목소리를 들은 나는 정신을 차렸다.

"아, 아뇨. 유명할 텐데요. 단지, 고블린들 사이에서 어떤지는 좀……. 아니, 그보다! 스승짱이 사법사라니 대체 어떻게 된 건가요?"

"그거 말인데, 역시 나 사법? 이라는 걸 쓸 수 있는 것 같단 말이지. 『사법사』란 즉, 『사법(詐法)사』인 거야. 입으로 말하니까 좀 그렇지만."

 ??? 영문을 모르겠다. 일어선 로잘리아도 의아한 표정이었다.

 "제라르가 처음에 불을 껐을 때, 실패한 첫 번째와 성공한 두 번째는 대체 뭐가 다른 건지 마음에 걸렸었거든. 그리고 아까 그 무지 굉장한 불꽃 쓰던 사람도 실패했잖아? 두 사람이 실패했던 건, 양쪽 모두 내가 끼어들었을 때야."

 스승짱은 길가에 떨어진 돌을 몇 개 주웠다.

 "마법은 자기 나름의 주문을 써서 마력을 정련한다고 했잖아? 그건 이렇게 서서히 마력을 쌓아 올리는 이미지라고 생각하는데."

 그렇게 말하면서 돌 몇 개를 쌓았다.

 "하지만 내가 상대에게 말을 걸어서 속이거나 화를 돋우면, 상대는 마력을 정련하지 못하게 되거나 정련한 마력이 줄어드는 게 아닐까? 이런 식으로."

 스승짱은 열 개 정도 쌓은 돌을 위에서 순서대로 획획 제거했다. 덕분에 균형을 잃은 돌탑은 휘청휘청 흔들리다가 마지막에는 쓰러져서 흩어졌다.

 "이렇게 엉망진창이 되느냐 마느냐는 분명 상대의 힘 같은 것에도 달렸겠지만. 아마 그럴 거야."

 "그렇군요……."

 "하지만 트릭을 알게 되니까 별것 아니라고나 할까, 시시하다고나 할까……."

 확실히 생각보다 스케일이 작다. 솔직히 말하면 쪼잔하다는 느낌이 들지 않을 수 없었다.

그래도 나법사가 마력을 정련하려면 반드시 주문을 외워서 귀로 들을 필요가 있다. 귀를 막을 수도 없거니와, 적어도 나는 막을 수단이 생각나지 않는다.

"사법사라는 건, 내가 있던 세계에서는 아마 『사기꾼』에 가깝겠지. 하지만 나는 결코 그런 악랄한 사람이 아니야. 더 청순하고 귀여운 무언가란 말이야. 전과도 없어. 알았어?"

나는 "네."라고 대답할 수밖에 없었다.

그리고.

경축일의 인파로 떠들썩한 왕도 제일의 장신구 가게로 가자, 로잘리아의 목걸이는 무려 6000 리브레라는 가격이 붙었다. 그런데도 스승짱은 안색 하나 바꾸지 않고 "그래, 고마워"라는 한마디만 하고 바로 가게를 나가고 말았다.

"괜찮으신가요? 그렇게나 비싸게 팔릴 것 같았는데."

1000 리브레가 넘는 물건을 사 본 적이 없는 나는 굉장히 미련이 남았다.

"괜찮아 괜찮아. 대략적인 시장가를 알고 싶었을 뿐이니까. 게다가 봤어? 그 아저씨."

목걸이를 감정해 준 사람 좋아 보이는 전주를 말하는 것이리라.

"그 사람한테 처음에 뜸을 들이면서 목걸이를 보여줬는데, 별로 물고 늘어지지 않았잖아?"

부끄럽지만, 나는 스승짱의 단정한 옆얼굴만을 보고 있었다.

"차분하고 믿을 만한 사람 같다고 생각했지만…… 확실히, 그다지 흥미를 보이지 않더군."

로잘리아가 동의했다. 믿을 만하다는 생각은 나도 했다. 왕도에서 최고의 장신구 가게를 경영하고 있어서인지 매우 익숙한 태도였고, 그렇기에 6000 리브레라는 매매가도 타당해 보였다.

"응. 굉장한 수완가 같았지. 여유도 있는 느낌이었으니, 분명 깨작깨작 견실하게 장사하는 타입이야. 그런 사람에게 팔면 적어도 손해는 보지 않을 테고, 확실히 일정한 수익은 나올 거야. ——하지만 그건 우리에게는 최선이 아니야. 그렇지?"

듣고 보니 확실히 그랬다. 우리의 소망은 목걸이를 적절한 가격에 파는 게 아니라, 가급적 비싸게 파는 것이다.

"그 아저씨를 상대로 흥정해도, 잘해 봐야 플러스 500 정도겠지. 그럴 바에는 깔끔하게 헤어지고, 다른 곳이 안 될 때 마지막 수단으로 남겨두는 게 좋은 거야."

그 주장은 이해한다. 하지만 괜찮은 거래 상대가 또 있을까?

"그럼 진짜 목적지로 가 볼까. ——누구한테라면 비싸게 팔 수 있을 것 같아? 제라르."

의견을 요구한다기보다는, 이미 해답을 아는 스승짱이 나에게 확인을 해 보려는 것 같다. 그런 느낌이다.

"으~음……. 비싸게 사 줄 사람이라면……. 별로 욕심이 없는 삶이일까요? 장사할 생각이 없다든가."

나는 열심히 생각한 답이었지만, 스승짱은 칫칫 하고 손가락을 흔들었다.

"아깝네. 그런 사람 상대라도 방법은 있지만…… 귀엽고 얌전한 여자아이가 할 일은 아니야."

윽…… 지적하지는 말자.

"정말로 돈을 끌어내기 쉬운 건 욕심 많고, 장삿속이 뻔히 보이고, 돈을 벌 의욕이 가득한 상승 욕구 넘치는 사람이야. 자신감과 자존심이 강하고, 예술가인 척하는 녀석이 좋지. 그럼, 약점이 뻔히 보이는 사람들을 찾아 출발~!"

방긋 웃은 스승짱은 정말로 무시무시하게 귀여웠다. 주로 안 좋은 의미로.

◆

"어서옵쇼! 어서옵쇼! 어서옵쇼!!"

왕도에서 두 번째로 커다란 장신구 가게 '아리고 상점' 앞에는 젊은 남자가 격렬한 호객 행위에 한창이었다. 돌로 만든 호화로운 가게에는 형형색색의 장식이 걸려있어서 오히려 독살스럽게 보였다.

"오호라. 이 천박하기 그지없는 느낌, 기대할 수 있겠어."

스승짱은 기뻐하면서 입구로 향했다.

"예이입! 아가씨, 도련님 세 분 입저어어엄!"

우리 세 사람은 희희낙락한 남자의 환영을 받으며 장식이 덕지덕지 붙은 문을 지났다.

가게 안은 바깥보다도 더욱 호화로운 장식으로 넘쳐났다. 점주로 보이는 남자의 동상을 중심으로 방사형으로 늘어선 진열장에는 기간 한정 대폭 할인, 대출혈 특가 판매 등등 호들갑스러운 글들이 보였다.

"오오…… 도회지의 가게는 어디나 굉장하구나."

로잘리아가 감탄한 듯 중얼거리자 근처 손님들의 시선이 쏟아졌다. 아까 가게에는 미치지 못하지만, 여기도 상당히 북적북적했다.

"아가씨, 너무 두리번거리지 마."

"미, 미안."

스승짱의 날카로운 시선과 주의가 날아왔다. 스승짱의 지시로, 우리는 로잘리아의 종자인 척을 하게 되었다.

스승짱은 망설이지 않고 제일 안쪽으로 나아갔다. 가죽으로 된 훌륭한 의자에는 한 남자가 거만하게 앉아 있었다. 동상보다 살이 쪄서 인상은 다르지만, 아무래도 점주 같다. 나는 스승짱에게 들은 설명을 떠올렸다.

"잘 들어. 인간은 상대하는 사람이나 물건에 어떤 감정을 가

지느냐에 따라 무의식적으로 자세나 동작이 달라져. 예를 들
이 ㅁㅐ니 ㅁㅇㅣ면, ㅅㅐ를 ㅅㅔㅇㅓㅅㅓㅇㅣㅏㅁㅗ ㅊㅣ ㅂㅣㄹ ㅃㅔㄴㅣ 뒤
로 젖히지. 반대로 흥미나 호의를 가지고 있으면 앞으로 나
와. 비스듬하거나 옆으로 가면, 그건 고민 중이라는 의미야.
쓸데없는 생각을 하기 전에 단숨에 치고 들어가는 거야."

아리고 상점으로 향하는 도중에 나와 로잘리아는 스승짱에
게 가르침을 받았다. 교섭에 도움이 되는 지식이라고 한다.

"팔짱을 끼거나 책상 위에 올려놓는 건 경계하는 사인이라
든가, 코를 매만지거나 우상단을 보면 거짓말을 한다는 등
그 밖에도 이것저것 있지만, 뭐 이번에는 딱히 상관없으니
까. 머리 한구석에만 넣어둬."

스승짱의 이야기는 모두 전혀 들어 본 적 없는 것들이었다.

"그럼 나는 뭘 해야 하는 거냐?"

"일단 고브코의 일족은 어제 적이 쳐들어와서 전멸했어."

"뭐어?!"

로잘리아는 얼빠진 소리로 외쳤다.

"그런 설정이야, 설정. 그리고 나는 원래 노예였던 종자
고. 고브코는 신호를 준 타이밍에 '말도 안 돼! 일족의 영혼
을 놓을 것 같으냐!!'라는 식으로 말해 주기만 하면 돼. 연기
가 아니어도 맨정신으로 말할 수 있지? 다른 섣부른 짓을 시
키면 들통날 것 같으니까, 거만하게 조용히 버티고만 있으면
돼. 그리고 제라르는……."

로잘리아는 눈을 깜빡였다. 뭐, 로잘리아처럼 알기 쉬운 여

자아이에겐 그 정도가 무난할지도 모른다. 그래도 나는 더 복잡한 지시가 나올 가능성도…….

"서 있으면서 흠, 이라든가 으~음, 같은 그럴싸한 맞장구를 쳐 줘."

좀 더 심했다.

"그 후, 저와 아가씨는 여기 있는 제라르를 의지해서 머나 먼 길을 목숨만 부지하고 도망쳐 온 겁니다."

"이거 참. 정말 고생하셨군요."

장사 이야기를 위해 들어온 객실에서 점주 아리고 씨는 등받이에 등을 기대며 말했다. 호들갑스럽게 동정하는 목소리를 내고 있지만, 스승짱의 이야기로 미루어보면 벌써 질린 것 같다.

확실히, 장사 이야기를 처음 시작할 때는 이렇지 않았다. 그야말로 잡아먹을 듯한 기세로 몸을 내밀었으니까. 그것도 당연하겠지. 신기하게 생긴, 게다가 속사정이 있어 보이는 소녀가 두 명 나타났으니까, 누구든 이야기만이라도 듣고 싶을 거다.

그러나 그 결과, 딱히 큰 관련도 없는 고블린 일족의 영고성쇠(榮枯盛衰)를 계속해서 듣게 될 줄은 몰랐겠지. 게다가 아리고 씨가 본론인 장사 이야기를 진행하려고 하면 스승짱이 교묘하게 이야기를 되돌렸다.

그러니, 스승짱은 아리고 씨가 인내심을 잃기 직전에 화제를 바꿨다.

"아리고 님과는 관련이 없는 이야기를 길게 떠들고 말아서 지루하신 모양이군요. 저의 원통함을 이해해 주셨으면 하는 마음으로 큰 실례를 저질렀습니다."

"아뇨아뇨, 무척 흥미로운 이야기였습니다. 그래서, 그 급한 자금이라는 건 어느 정도 필요하십니까?"

코라도 후빌 것 같던 아리고 씨가 의자에 다시 앉았다. 의자에 다시 앉는 건 마음을 다잡겠다는 마음의 표현……이었던가?

"20000…… 아니, 10000 리브레 정도만 있으면 어떻게든 되겠지만……."

"그 정도로 괜찮으십니까? 그 정도라면 별것 아니지만, 먼저 물품을 확실히 보고 싶군요."

"아가씨."

"음."

스승짱이 로잘리아의 망토를 벗겼다. 가뜩이나 눈에 띄는 가슴 위에는 목걸이 두 개가 빛나고 있다. 늘어난 하나는, 여기 오는 도중에 노점에서 찾아서 500 리브레에 산 싸구려였다.

스승짱은 대체 왜 저런 걸 산 걸까. 뭐, 500 리브레보다 가치는 있어 보였지만, 로잘리아가 가진 정교한 목걸이와는 당연히 비교도 되지 않는다.

"그럼, 이 물건을 10000 리브레에 구입해 주실 수 있겠습니까?"

스승짱은 싸구려를 당당하게 아리고 씨에게 내밀었다.

"푸핫, 콜록, 어흠!"

나는 뿜을 뺀 것을 헛기침으로 얼버무렸다. 500 리브레에 산 목걸이를 10000 리브레에 팔아치우다니, 엉망진창인 것도 정도가 있지. 상대는 유능한 상인 아닌가.

아니나 다를까, 미간에 주름을 잡은 아리고 씨는 그래도 일단은 손에 들고 살폈다.

"흠. 이건 10000은 고사하고 1000도 힘들겠군요. 먼저 은이 적습니다. 그것도 순도 7, 800 정도겠군요. 세공도 단순하고, 박혀있는 돌도 질이 안 좋고 가지런하지 않군요. 정말로 이걸 고블린 직공이 만든 겁니까?"

사실은 아저씨가 길거리에서 팔던 겁니다.

"그래도 500 리브레라면 매입하겠습니다만. 그래서는 금에 보태기에는 무척 부족하지 않습니까?"

"네. 그 정도로는 전혀…… 하지만 어쩔 수 없군요. 다른 방법을 생각해보기로 하죠. 감사했습니다."

스승짱은 낙담하면서 목걸이를 회수하고 고개를 숙였다. 어, 돌아가는 거야?!

"자, 잠깐만 기다리세요. 그게, 걸고 있는 다른 목걸이를 파실 생각은 없으십니까?"

아리고 씨가 몸을 내밀었다.

"예? 그, 그건……."

당황한 스승짱은 손을 뒤로 돌려 로잘리아의 등을 야릇하게 문질겄다.

"힉?! 아, 바, 바보 같은 소리를! 이건 일족의 혼이다! 놓을 리가 없지 않나!!"

멍하니 있던 로잘리아는 황급히 상의한 대로 고함쳤다.

"하지만 그쪽 목걸이……." "아가씨! 여기선 아리고 님께 보여드려야 합니다!"

뭔가 말하려던 아리고 씨를 중간에서 끊은 스승짱이 큰소리를 냈다.

"외람되지만 아가씨의 마음은 다른 누구보다 잘 알고 있습니다. 하지만 지금은 아가씨의 옥체를 보전하는 것만이 가장 중요합니다."

"시이코……."

로잘리아가 울먹였다. 아니아니아니.

"일족의 보물이 가진 가치를 이해하고, 그에 맞는 대우를 받으려면, 왕도에서도 손꼽히는 감정안을 가지고 계신다는 아리고 님밖에 없겠죠. 그건 아가씨도 알고 계실 겁니다. 자, 부디 건네주세요."

스승짱은 목걸이를 받아서 은근슬쩍 아리고 씨의 대각선 앞으로 자리를 옮겼다.

"흠. 기대에 응해 드릴 수 있을지는 모르겠지만, 살펴보도록 하겠습니다."

아리고 씨는 목걸이를 정중하게 받아서 바로 진지한 눈으로 살피기 시작했다. 찬찬히 살피는 모습은 아까와는 달리 무척 힘이 들어가 있었다. 이렇게나 밥상을 차려 줬으니 뒤로 물러날 수 없는 거겠지.

"흐음…… 역시 생각대로 상당한…… 크기야 그리 크지 않지만 붉은 건 스피넬, 푸른 건…… 꽤나 드문 보석이군요. 고블리나이트입니까. 게다가 세공도 근사하군요. 이렇게나 정교한 건 다른 종족은 만들 수 없겠죠."

로잘리아의 뺨이 실룩실룩 풀어질 때마다 스승짱이 몰래 옆구리를 꼬집었다. 좀 더 무념으로 있어야 한나는 거겠지. 로잘리아도 힘들겠네.

"어디 보자…… 그렇다면 이건." "10000."

스승짱이 단언했다.

"여기까지 왔으니 많이 바라지는 않겠습니다. 10000 리브레라도 괜찮습니다만, 어떠십니까?"

무척이나 양보해 준다는 느낌이었다.

"그게, 아무래도 그건……. 7500 정도면 어떠십니까."

물고 늘어지는 아리고 씨도 상당했다.

"이미 말씀드린 대로, 최저라도 1만 리브레는 필요한지라……. 적어도 9500으로 해주시지 않겠습니까?"

"으으음……. 그래도 이런 크기의 물건으로는 파격적입니다만…… 8500, 이 이상은 무리입니다."

가격이 점점 올라갔다. 이제 충분하지 않냐고 말하고 싶어지지만, 스승짱은 아직 만족하지 못한 모양이다.

"어쩔 수 없군요. 9000에, 여기에 조금 전 목걸이까지 포함해서 1만. 이걸로 어떻게 손을 써주실 수 없을까요?"

스승짱은 곤란한 듯이 미소 지었다. 아리고 씨는 머리를 긁적였다.

"이거이거, 항복입니다. 그럼 그렇게 하죠. 이야~, 이걸로 오늘 수익은 다 날려 버렸군요. ……이봐! 누구 있나!"

호출받은 점원은 귓속말을 듣고 안으로 들어갔다. 분명 돈을 가지러 간 거겠지.

"그나저나 시이코 님은 아름다우실 뿐만 아니라 젊은 나이인데도 다부지시군요. 도저히 노예 출신으로 보이지 않습니다. 부하로 들이고 싶을 정도군요."

"저를 손에 넣고 싶으시다면 최소 1천만 리브레는 주셔야지요. 교섭하시겠습니까?"

왕성 대법관을 월등히 뛰어넘는 녹봉을 요구한 스승짱은 방긋 웃었다.

◆

"후와아…… 이게 1000 리브레 백화(白貨)인가."

로잘리아는 하얗게 빛나는 코인을 눈부시게 바라봤다.

"그나저나 그 점주, 용케 9000 리브레나 줬네요."

"뭐, 이것저것 했으니까. 각본을 꾸며 내거나, 싸구려를 준비하거나."

"그 만들어 낸 이야기가 그렇게나 심금을 울린 걸까요?"

별로 흥미로워하는 것처럼 보이지는 않았는데.

"그럴 리가 없잖아. 그건 그냥 스트레스 장치. 내용은 반신반의였을 거야."

"스트레스 장치?"

또 영문 모를 단어가 나왔다.

"경매하고 똑같아. 경매에서 물건이 왜 그렇게 비싸게 팔리는지 알아? 그건 참가해서 낙찰받을 때까지 여러 과정이 있잖아? 돈을 준비하고 참가해서, 목표로 삼은 물건을 정하고, 입찰해서 경쟁하더라도 도중에 포기하면 아무것도 얻지 못해. 인간은 뭔가 노력을 들이면, 들인 만큼의 성과를 얻고 싶다고 생각하는 법이야. 깔끔히 포기하면 손해는 없을 텐데, 욕심을 부리는 사람일수록 처음 예정보다 비싼 돈을 내서라도 낙찰받으려고 하는 거야."

알 것 같기도 하다. 그러나 그게 이번 일과 무슨 관련이 있는 걸까?

"일부러 인내심의 한계까지 아무래도 좋은 이야기를 들려줬잖아? 그러면 그 아저씨한테는, '굳이 응대해서 시시한 이야기를 계속 듣게 됐으니, 뭔가 성과를 얻고 싶다'는 심리가 생겨나."

"아무래도 좋은, 시시한 이야기……."

고블린 일족의 비극적 히로인에 감정 이입하던 로잘리아에게는 조금 쇼크였을지도 모른다.

"그렇게 욕망을 드러냈을 때, 이번에는 지루하게 만든 것을 공감해 줬지. 맞아맞아, 앉은 위치 말인데, 정면보다 대각선, 대각선보다 바로 옆에 앉는 편이 심리적인 거리가 줄어들어서 상대방이 친근감을 품기 쉬워져. 그다음에는 칭찬해서 자존심을 슬쩍 건드리면 되지. 하지만 무식하게 당신은 근사한 사람이니 뭐니 그런 식으로 말하면 안 돼. 간단한 건 전제를 두고 말하는 것. 나도 그랬잖아? 당신은 근사한 능력을 가지고 있다는 것을 나는 알고 있다면서."

잘 모르겠다.

"예를 들어 『멋있는 제라르, 오늘 아침밥 뭐 먹었어?』라는 질문이라든가. 이건 너무 노골적이기는 하지만, 『아침밥 뭐 먹었어?』라는 질문에 『제라르는 멋있다』는 전제가 들어갔잖아? 느닷없이 『제라르는 남자답고 멋있네』라고 말하면 너무 거짓말 같고 뻔뻔하니까, 빈말하지 말라는 반발이 나올지도 몰라. 그래도 전제를 두면 공통 인식으로 슬그머니 집어넣을 수 있잖아. 게다가 말의 본론은 아침밥이니까 부정하기도 힘들어."

스승짱의 설명은 이해가 잘된다. 이해가 되기는 하지만, 나는 남자다움이나 멋있음과는 인연이 없는 남자인 모양이다. 잘 알았습니다.

"즉, 이걸 응용하면, Q. 시이코는 귀엽기만 한 게 아니라 성격도 좋다는 걸 아십니까? ①알고 있었다. ②지금 알았다."

그 양자택일은 뭐야?!

"다음에는 이 싸구려네 먼저 이거 1민 비드레도 팔아 달라고 말했잖아? 아무리 무모한 소리라도 거절하는 쪽에게는 반드시 미안함이 생겨. 상대의 요구를 거절했으니까 다음에는 자신도 타협해야만 한다는 생각이 무의식중에 생기는 거야. 그리고 정말로 하고 싶었던 허들이 낮은 요구를 받아들이기 쉬워지지. 그 밖에도 어미를 가급적 ~~라고 생각하지 않으세요? ~~~하지 않나요? 같이 결정을 맡기는 식으로 표현하면 상대는 그만큼 자기 의견을 밀어붙이기 힘들어지고, 대화도 끊기 어려워져."

나는 이제 고개만 끄덕일 수밖에 없었다.

"물론 그 형편없는 싸구려 목걸이를 직전에 보여준 것으로 고브코의 물건을 훨씬 좋은 것처럼 꾸미기도 했어. 그리고 인간은 마지막에 보는 게 가장 인상에 잘 남으니까."

"대체 어디까지 용의주도하신 건가요……."

"이 정도는 일반적인 거야. 그 아저씨도 나름대로 산전수전 다 거쳤을 테니까 할 수 있는 수단은 전부 동원해야지."

그 아리고 씨도 쉽지 않은 인물이었을 텐데, 고작 나름대로 취급이다.

"그리고 무엇보다, 고브코가 실제로 거기 있었던 게 컸을 거야. 고브코는 예쁘고, 인상도 다부지고, 태생도 좋아 보이잖아. 진지하게 믿을 수 있어 보이니까, 귀중한 목걸이라는 말에도 설득력이 생긴 셈이지."

웬일로 스승짱이 로잘리아를 칭찬했다.

"그, 그런가? 이야~ 난 전혀 모르겠지만, 역시 자연스레 배어 나오는 것이⋯⋯."

"이런 식으로 간단히 칭찬에 넘어가 버리는 멍청하고 귀여운 상대만 있다면 편할 텐데 말이야."

"끅⋯⋯."

너무해⋯⋯.

"하지만 뭐, 1만까지는 갈 수 있을 것 같았어. 하지만 통계적으로 인간은 가격을 올리면 대부분 시장가보다 5할이 늘어나는 시점에서 냉정해진다고 하니까, 9000에서 그만뒀지. 그래도 그 목걸이라면, 더 버텼으면 10000 정도에도 팔렸을 거야. 그 아저씨에게도 손해는 아니었겠지."

충분하고도 남지 않아요.

"비싸게 팔기만 하는 거라면 더 악랄한 방법도 있지만, 아무리 그래도 건실한 사람에게는 쓰기 좀 그렇지. 처음에 봤던 그 바가지 장사꾼 같은 상대라면 모를까."

"끄응⋯⋯. 하지만 아무튼 결과는 결과야. 감사를 표해야겠지. 시이코와 제라르, 정말로 고맙다. 너희 덕분에 최고의 성과를 얻을 수 있었어. 마을 사람들도 분명 기뻐할 거다."

로잘리아는 상당히 감사하고 있는 모양이었다. 나는 아무 것도 하지 않았지만⋯⋯.

"천만의 말씀. 보답은 1000 리브레라도 괜찮아."

바라보니, 스승짱은 뭔가를 요구하듯이 손을 내밀었다. 설마.

"돈을 받는 건가요?!"

"당연하잖아. 이런 건 확실하게 해 둬야지."

확실히, 스승짱이 없었다면 기껏해야 6천 정도밖에 안 나왔을 거다. 하지만 동료에게서 돈을 받다니.

"하지만……."

"제라르, 기다려. 시이코의 말은 지당해. 확실히 시이코는 그만큼 활약해 줬어. 단지……."

로잘리아는 어깨를 떨궜다.

"단지?"

"지갑을 도둑맞았다고 했잖아? 나한테는 내줄 수 있는 게 없어."

"뭐? 거기 있잖아, 9000 리브레나."

혹시 마을 사람에게 의리를 지키려는 건가.

"이건 내 돈이 아니니까. 판 돈에서 사례를 빼서 주더라도 문제는 없겠지만, 마을 사람들에게 말하지 않고 무단으로 정할 수는 없잖아?"

스승짱의 입이 쩍 벌어졌다. 확실히 로잘리아의 말은 이치에 맞지만, 대체 얼마나 성실한 거야.

"융통성이 없는 것도 정도가 있잖아……. 뭐, 고브코답기는 하지만."

"미안하다. 내 지갑이 무사했다면 거기서 줄 수도 있었겠지만, 일이 이렇게 됐으니 일단 마을로 돌아가지 않으면 내줄 수가 없어."

그렇다면, 로잘리아는 지금 무일푼이나 다름없다는 뜻이다.

"자자, 그렇게까지 안 해도 돼. 어차피 농담이었고, 애초에 고브코의 목걸이를 소재 삼아서 얻어 낸 돈이잖아. 마을 사람들을 기쁘게 해 주라고. 바로 어제 멸망한 참이니까? 우후후."

농담으로 들리지 않는다는 점이 무섭다.

"그럼 로잘리아는 이제 마을로 돌아가?"

내가 묻자, 로잘리아는 미묘한 표정을 지었다.

"아니…… 돌아가긴 해야 하지만, 마을까지는 걸어서 하루 가까이 걸리니까. 그래서 오늘은 왕도에서 1박할 작정이었다."

밤이 되면 길도 보이지 않고, 마물이 활발하게 나오니까, 그건 어쩔 수 없다.

"하지만 묵는다니, 돈도 없는데 어디서 묵어?"

"그건 그게…… 노숙이라든가……?"

로잘리아가 입을 우물거렸다. 요컨대 아무 생각도 없단 건가.

"그거야말로 필요 경비니까 목걸이를 판 돈을 쓰면 되잖아. 호화 호텔에라도 묵으라고."

"그러니까 말했잖아? 모두의 돈이라고! 한 푼도 손댈 생각은 없어!!"

정말로 로잘리아는 의리가 두터웠다. 스승짱은 어이가 없어서 말도 나오지 않는 모양이었다. 그래도 나는 공짜로 묵을 수 있는 곳에 짐작 가는 게 있었다.

"그럼, 우리 집에 올래?"

"……뭐? 집? 지지지지입?!"

로잘리아가 무척 동요했다.

"스승짱과 나만 있어서 아직 여유가 있거든. 옛날에는 부모님도 살았던 집이니까, 세 사람이라도 좁지는 않을 거야."

"아아, 뭐야…… 아니, 그럴 수는 없지! 아까도 말했을 텐데? 묵게 되더라도, 나는 만족스러운 답례를 해 줄 수가……."

아직도 그 소리네.

"딱히 그런 건 필요 없어. 밤은 춥고, 비가 올지도 모르니까 묵고 가."

"나는 전사다! 그 정도는 별것 아니야. 게다가 이렇게 넓은 도시라면 지붕 있는 곳이 어딘가에는 있을 거다."

정말로 고집이 세네. 요즘에는 왕도에도 사람이 늘어나서 치안도 좋지 않은데.

"그래도 로잘리아는 여자아이이니까. 혼자서 노숙이라니 걱정되는데."

"뭣……."

나를 노려본 로잘리아의 얼굴은 새빨갰다. 아차. 이래서는 네가 약해서 그렇다고 말하는 셈이잖아.

"게, 게다가, 돈이 없으면 밥도 먹을 수 없으니까……."

뒤에서 차가운 시선을 느낀 나는 다음 말을 이을 수가 없었다.

"하~아. 뭐, 이렇게 될 줄 알았지만."

스승찡이 한숨을 내쉬었다.

"고브코는 우리에게 고마워한다면 이것저것 따지지 말고 묵고 가. 알았지?"

"…………알았다."

로잘리아는 고개를 수그리면서 우물우물 대답했다. 다행이다.

"제라르한테는 결혼사기가 얼마나 악질적인지 나중에 이야기해 줄 테니까."

어째서?!

◆

그리고 우리 세 사람은 옷가게로 갔다.

이러니저러니 해도 나이대에 맞게 옷에는 꽤 관심이 있는 모양이다. 로잘리아를 끌고 들어가는 스승짱을 배웅한 나는 옷가게 앞길에서 멍하니 서 있었다.

──오늘도 좋은 날씨다. 로잘리아에게는 비가 올지도 모른 다고 했었지만, 실제론 그럴 것 같지는 않다. 하지만 짐수레가 지나가면서 흩날리는 먼지를 뒤집어쓰고 있자니, 조금 정도는 내려도 좋을 것 같다고 생각하고 만다. 빵이 든 바구니를 안은 고블린 가족이 웃으면서 지나갔다. 우리 저녁밥은 뭘 먹을까. 스승짱은 소고기를 먹고 싶다고 했지만, 파는 가게가 있을까? 그리고 보니 로잘리아가 좋아하는 음식은 뭘까?

길 건너편에서는 인형사가 꼭두각시 인형으로 공연을 시작

하려 하고 있었다. 조그만 아이들이 모였고, 어른들도 멀리서 흥미롭다는 듯 지켜봤다

그러고 보니 내가 처음 왕도에 왔을 때도 아버지한테 보고 싶다며 보챈 적이 있다. 눈에 보이는 모든 것이 신기한 가운데서도, 아이에게도 알기 쉽고 즐거워 보이는 꼭두각시 인형은 매력적으로 비쳤다. 신기한 인형 장치는 아버지도 고개를 갸웃할 정도였고, 당연히 아이인 나는 금세 푹 빠지고 말았다.

그런 나도 나이를 먹어서 14세가 되어 마법학교에 가게 되었다. 왕도에 있는 기숙사에 들어가고 나서는 쉬는 날이면 꼭두각시 인형의 트릭을 간파하려고 했었는데, 결국 보러 가지 못했다. 휴일이야 있었지만, 나는——.

"이봐, 제라르!"

누가 양어깨를 힘껏 두드리자, 나는 펄쩍 뛰었다.

"뭘~ 침울해하고 있는 거야? 봐 봐, 어때? 소매는 방해되니까 떼어 놨어."

싱글벙글 웃으며 한 바퀴 빙글 돈 것은 역시 스승짱이었다.

발목까지 내려온 슈미즈에 코트를 걸친 모습은 몸의 라인이 선명하게 드러나는 최신 유행 스타일이다. 얼굴이 작고 몸이 늘씬한 스승짱이 입으니까, 마을을 걷는 여자들과는 다르게 보인다.

이세계의 세일러복도 좋지만, 역시 익숙한 옷을 입자 친근하게 보여서 기쁘다.

"정말로 기엽네요. 무척 잘 어울리는…… 왓?!"

또 다른 충격은 스승짱 뒤에 숨어있었다.

"왜 나까지……."

상가의 소녀가 입을 듯한 코트아르디는 가슴팍이 대담하게 트여 있었다. 남성용 같은 마 재질의 스목 속에서도 존재감을 드러내던 로잘리아의 영봉은 압박에서 해방된 지금, 그 위용을 아낌없이 드러내고 있다.

부끄러운 듯이 몸을 웅크린 탓에 양팔에 압박된 갈색 계곡이 더욱 강조되어서 가슴팍에서 터질 것만 같았다.

"괴, 굉장해……."

그 한마디밖에 나오지 않았다.

"우우, 역시 시이코의 말을 듣는 게 아니었어……."

"그렇지 않아. 그렇지 않다고!"

나는 필사적으로 긍정했지만, 로잘리아는 믿어 주지 않았다.

"잘됐네, 고브코. 제라르가 굉장히 흥분하고 있잖아."

"?!"

부탁이니까 그런 말은 하지 말아 주세요. 사실이긴 하지만.

새빨개진 로잘리아에게 할 변명을 생각하려던 그때였다.

"오~, 왠~지 어딘가에서 본 적이 있는 멍청한 얼굴이다 했는데, 제라아아아아르잖아!"

귀에 날아든 것은, 잊을 수도 없는 목소리다.

"정말로 제랄드였네요. 오호호."

옆에 나란히 서 있는 여자아이도 아는 사람이다.

"바보같이 길가에 서서 변함없이 한심한 주문이나 쓰고 있냐? 후와~ 후와~ 부탁합니다~, 라고 말이지."

마법학교에서 같은 반이었던 파올로의 미련에 나는 입술을 바수 보며 웃었다. 마주치고 싶지 않은 녀석을 만나고 말았다.

"시골로 돌아간 거 아니었냐……. 오? 어이어이, 진짜냐. 제라르 주제에 여자를 데리고 있잖아!"

파올로는 내 뒤에 있는 스승짱과 로잘리아를 본 모양이었다.

"게다가 자세히 보니 고블린에, 야만……족?"

그 시선은 스승짱과 로잘리아와 로잘리아의 가슴 사이를 몇 번이고 왕복했고, 마지막으로 마릴레나의 가슴으로 향했다. 파올로의 얼굴에는 숨길 수 없는 놀라움과 초조함이 떠올라 있었다.

마릴레나도 마법학교의 남학생들 사이에서는 1~2위를 다툴 만큼 인기가 있었지만, 스승짱이나 로잘리아와 비교하면 아무래도 뒤떨어진다. 아니, 두 사람이 지나치게 예쁘다.

"잠깐, 왜 그러는 거죠?"

마릴레나가 불쾌하게 팔꿈치로 찌르자, 파올로는 정신을 차렸다.

"칫……. 제라르 너, 낙오됐다고 해서 머리 나쁜 마물인지 노예인지 모를 것들을 데리고 다니면서 으스대고 있었냐. 변함없이 한심한 놈이라니까."

아인과 마물의 구별은 애들이라도 할 수 있다. 그런데도 일부러 차별적인 발언을 던진 파올로는 변함없이 타인을 깎아뭉개는 데는 천재적이다.

나는 자신이 바보 취급당한 것보다도 스승짱과 로잘리아에게 험담을 한 것이 화가 났다.

"이 두 사람은 그런 게 아니야! 무례한 소리 하지 마!!"

그러나 내 말은 평소처럼 파올로를 흥미롭게 만들뿐이었다.

"오? 해보려고? 제라르, 해보려고? 연습전에서는 내게 한 번도 이기지 못한 주제에. 그렇게 건방 떨면 오랜만에 두들 겨 패 버린다? 뭐~어, 여기서는 병사가 오니까 귀찮아서 안 하겠지만. 캬하하하."

나는 이를 갈았다. 파올로의 말은 사실이다. 바보에다 최악 인 녀석이지만, 마법 실력은 10년에 한 명 나온다고 할 정도 로 뛰어나니까. 게다가 키도 크고 얼굴도 잘생겼고, 친가는 하급이긴 해도 굉장히 유복한 귀족이다.

"연습전 얘기가 나와서 말인데. 나는 다음 어전시합에 나가 는데? 너하고는 꽤 차이가 벌어져 버렸구만."

응?

"어전시합이라니…… . 아직 졸업조차 하지 않는데, 어째서."

설마 나처럼 왕성 마술사가 되고 싶어서 그런 것도 아니리 라. 파올로는 그대로 졸업하기만 해도 임관할 수 있으니까.

"너는 모르는 것 같지만, 왕성의 의향으로 이번부터 규정이 바뀌었거든. 왕성 마술사 두 명이 함께하는 건 너무 강하다 면서 금지됐고, 최소 한 명은 외부 녀석을 넣어야만 한다지 뭐냐. 그래서 나나 마리 같은 마법학교 유망주가 스카우트된 거야. 우리는 우리대로 커리어를 쌓을 수 있고, 연줄도 생기니까 바라 마지않는 기회라는 거지.”

“몰랐어…….”

마릴레나도 사뭇 당연하다는 듯이 끄덕였다. 그래도 팀전이라는 건, 다시 말해.

“뭐야? 설마 너도 나가고 싶어졌냐? 하지만 가뜩이나 약한 데다 너와 함께해 줄 왕성 마술사 같은 건 없잖아? 유일한 자랑이었던 네 아버지도 죽어 버렸으니까! 망신당하기 전에 시골에서 얌전히 밭이나 갈고 거시기나 만지작거리고 있으라고. 응?”

“아하하하하.”

파올로과 마릴레나 두 사람이 폭소했다. 아버지를 건드리자, 나는 이성의 끈이 뚝 끊어지는 걸 느꼈다.

“닥쳐! 지금 내게는 굉장한 스승님이——.”

내 목소리는 거기서 가로막혔다.

“굉장해~!! 어전시합이라니, 임금님 앞에서 하는 거겠죠? 우리도 보러 갈 예정이거든요. 열심히 해서 우승해 주세요!”

나를 밀쳐 낸 스승짱이 파올로의 손을 양손으로 잡고 뜨겁게 말했다.

“어? 어, 어어. 그나저나 정말 노예로는 안 보일 정도——.”

파올로가 뺨을 물들였다. 우와아, 보고 싶지 않아. 스승짱도 왜 저런 녀석한테…….

“이제 됐잖아요? 제랄드는 내버려 두고 가요!”

마릴레나가 싸승을 내며 파올로의 팔을 잡아당겼다. 파올로는 몇 번을 돌아보면서 떠나갔다.

"저 불쾌한 남자는 뭐냐……. 시이코는 왜 저런 남자에게 아양을 떤 거지."

로잘리아가 인상을 찌푸렸다.

"그보다도 제라르. 내가 사법사라는 걸 말하면 안 되지. 손에 든 카드는 아슬아슬할 때까지 덮어 놔야 한다고."

아차. 확실히 그랬다.

"죄송합니다……."

"뭐, 아직 들키지는 않은 것 같지만. ……근데 저 남자애, 되게 괜찮아 보이더라."

뭐어?! 설마 했는데, 역시 그런 거였나.

"스승짱. 부탁이니까 저 녀석만큼은 그만두세요. 돈은 많지만 바보에다, 성격도 여자관계도 안 좋아요. 분명 불행해질 거예요!"

"제라르, 무슨 소리야? 부자인데 바보라니 최고잖아. 손가락에 커다란 반지가 몇 개나 있는지 봤어? 만져 봤는데 저건 분명 다이아몬드야. 옷도 고급스러운 모피였고, 목이나 허리에도 뭔가 짤랑짤랑 잔뜩 달고 있었어. 쟤를 아리고 상점 카운터에 떡하니 갖다 놓으면 10만 리브레 정도는 될 것 같지 않아?"

앗……. 나는 알아챘다.

"뭐, 그건 그렇다 치고, 어전시합이야 어전시합. 왠지 주변 사람들이 죄다 비실한 것 같은데, 지금이야말로 기회야. 가즈아."

"아까 남자도 말하던데, 그 어전시합이라는 건 뭐냐?"

로잘리아가 물었다. 그러고 보니 아직 말하지 않았었나.

나는 로잘리아에게 어전시합의 내용과 시합에 나가는 이유를 자세하게 설명했다.

"그렇군. 그렇게 된 거였나……. 무술 부문도 있는 건가."

"고브코도 나가 보지그래? 무기는 딱히 검이 아니라도 된다고 했지? 제라르."

"그야 그렇지만……."

예전에 시합을 본 사람으로서 그런 위험한 일은 하지 말아 줬으면 좋겠다는 게 솔직한 심정이다.

"어린 시절부터 계속 단련해 왔으니까. 내 기술이 얼마나 통할지 궁금하지만, 내게는 마을에서의 삶이 있으니까……."

그렇게 말하면서도, 로잘리아는 꽤 미련이 남아 보인다. 하지만 책임감이 강한 로잘리아가 참가할 일은 없겠지. 그나저나, 성실하고 책임감이 강한 고블린이라니…….

"뭐, 이제 용건도 끝났으니까 슬슬 돌아갈까. 이쪽 사람들은 밥을 하루에 두 번밖에 먹지 않는다니 믿을 수가 없어. 배고파!"

우리는 기울기 시작한 햇살을 받으면서 귀로를 밟았다.

◆ ◆ ◆

"자, 이게 로잘리아가 잡아 온 토끼예요."

나는 잘 구워져서 노릇노릇한 자국이 난 꼬치구이를 두 사람의 접시에 올렸다. 스튜는 조금 더 끓이는 게 좋겠지.

"아, 이거 맛있네. 토끼는 닭고기 같은 맛이 나는구나~."

"정말로 잡아 올 줄은 몰랐어. 고마워, 로잘리아."

그래도 덕분에 무척 호화로운 메뉴가 되었다.

"훗, 고마워할 건 없다. 나는 활쏘기도 특기라고 했잖아?"

로잘리아는 콧대를 높이 든 걸 넘어서서 얼굴도 살짝 비스듬히 위로 올렸다. 이렇게나 알기 쉽게 의기양양한 태도를 보이는 사람은 처음 봤다.

"그래도 그 토끼가 이렇게 되었다고 생각하니 기분이 조금 그러네……. 난 고브코처럼 털털하고 둔감하지 않으니까……."

"뭐라고? 너, 그렇게 말하면서 우물우물 잘 먹고 있잖아……. 이봐, 내 몫까지 가져가지 마라. 이 바보!"

"흐버허허허버마시쓰니까, 고기허효허히하허버어버화히허어버어."

"무슨 소리를 하는 건지 전혀 모르겠어. ……히익?! 다짜고짜 가슴부터 만지지 말라고 했잖아!!"

"흐히헙!!"

로잘리아에게 머리를 얻어맞은 스승짱이 비명을 질렀다. 그러자 입에서 고기가 튀어나왔다.

"앗!! 내 고기가!!" "내 거잖아!!"

아아, 정말로 소란스럽다.

"제 몫을 드릴 테니까, 두 사람 다 진정해요."

한 명에서 두 명이 된 어제의 저녁식사도 힘들었지만, 세 명이 되자 바쁨은 비교할 수가 없었다. 그래도 이 떠들썩함이나 바쁨은 전혀 싫지 않았다.

"후우. 근데 토끼 고기도 맛있지만 제라르의 요리 솜씨도 괜찮네. 언제든 장가갈 수 있지 않을까? 그렇지? 고브코."

"어, 어째서 나한테 묻는 거냐?! ……뭐, 확실히 나는 이런 요리는 만들 수 없긴 해. 숲속에서는 채소나 향신료가 잘 자라지 않기도 하고."

생각해 보면 어머니의 기억이 거의 없기 때문인지, 셋이서 식탁에 둘러앉은 일 자체가 신선하다. 그게 이렇게나 즐거울 줄이야. 늘 먹는 오트밀조차도 맛있게 느껴진다. 그래도 내일이면 로잘리아는 떠난다. 그게 조금 쓸쓸했다.

"그러고 보니, 로잘리아의 마을은 어디에 있어?"

나는 알맞게 끓은 스튜를 그릇에 담으면서 물었다.

"여기서 한나절 정도 남쪽으로 가면 나오지. 도중에 약한 마물이 사는 곳이 있는데, 수행한다면 거기가 좋지 않을까?"

"그럼 내일은 고브코를 바래다주는 겸 거기까지 가 볼까~."

내일부터는 수행을 시작하게 되었다. 마법사를 제외하고 거리낌 없이 공격마법을 쓸 수 있는 상대는 마물 정도니까, 일부러 마물이 나오는 곳까지 가야만 한다.

기왕 이렇게 됐으니, 식사 후에는 비장의 사이다를 대접했다.

비싼 물건인지라 두 사람 다 기뻐하며 마시다 보니, 어른 머리 크기의 술통에 가득 들어있던 사이다가 점점 바닥을 드러냈다.

"……그나저나. 이 사이다? 맛있긴 한데, 사과주스 같은 맛이네. 굉장히 달아."

"그야 사과로 만든 술이니까요. 모르셨나요?"

스승짱의 시선은 미묘하게 초점이 맞지 않았고, 몸도 앞뒤로 흔들렸다.

"어, 술이었어? 사이다라고 하니까 헷갈렸잖아! 확실히 뭔가 다르구나 싶긴 했지만~ 탄산이었으니까……. 아~, 난 미성년자인데 벌써 술을 몇 잔이나 마셔 버렸어~. 아아~, 어쩌지 고브코오~."

"와햐앗, 안지 마라! 줴라르 어떠케 좀 해 줘! ……으히이이이익!!"

나는 말이 꼬이기 시작한 로잘리아에게 얽히는 스승짱을 황급히 떼어 냈다.

"우우, 졸려……."

스승짱은 의자에 기대서 눈을 감았다. 오늘은 아침부터 꽤 돌아다녔으니까 피로가 쌓인 걸지도 모른다.

"여기서 자면 감기에 걸려요. 자더라도 침대에 가서 자요."

본격적으로 움직이지 않게 된 스승짱의 어깨를 흔들었다.

©Koin

"이제 못 움직여~. 데려다줘~."

데려다 달라고 해도…….

"안아 줘."

"?! ……?!"

망설이는 내게 스승짱이 양손을 뻗었다.

"안아 줘!!"

"아, 알았어요."

어쩔 수 없이 안아 들었다.

"와~아."

어두운 집 안이었지만 이렇게나 가까우니 얼굴이 자세히 보인다.

감은 눈을 감싸는 긴 눈썹, 취한 탓에 붉게 물든 뺨에 반쯤 열린 입술. 밀착한 몸은 힘이 빠져서, 그저 부드러움만 느껴진다. 모든 것이 필연적으로 내 심장 고동을 빠르게 하고, 쓸데없는 생각을 불러들였다.

그래도 일어서 보니, 근력이 없는 나는 스승짱의 날씬한 몸조차도 너무 무거웠기에 그럴 경황이 아니었다. 필사적으로 이를 악물면서 어떻게든 침대에 눕히자, 이미 스승짱은 작은 숨소리를 내며 잠들어 있었다.

"지쳤어……."

그러나 내가 정리하러 돌아가자, 그곳에는 더한 시련이 기다리고 있었다.

"줴라르…… 나도오……."

좀 봐주세요…….

"우우…… 머리가 쾅쾅 울려. 어제, 나 꽤 마셨었나? 도중부터 전혀 기억이 없는데……."

왕도와는 반대 방향, 마을에서 남쪽으로 뻗은 가도를 걸으면서 로잘리아가 눈가를 눌렀다. 그렇게나 강한데, 술에는 약한 모양이다.

"저녁에는 취해 버린 고브코가 느닷없이 옷을 벗더라니까. 나는 말렸는데, 제라르가 흥분해서는 자기 맘대로 하고 싶은 짓을 실컷 해 버렸어."

"뭐어어어엇?!"

"아니, 알고 있겠지만 거짓말이거든?"

당황하는 로잘리아의 차림새는 처음에 입고 있던 수수한 스목으로 돌아갔다. 스승짱이 사 준 코트아르디를 소중하게 안고 있는 걸 보면, 마음에 들지 않았던 건 아니겠지만.

"이 숲 주변에는 언제나 얌전한 마물밖에 없어. 그래도 방심하지는 마. 강한 마물이 어딘가에서 흘러 들어올 수도 있으니까."

로잘리아가 멈춘 곳은, 가도를 벗어나서 한동안 나아간 곳이었다. 근처에는 바위산과 숲이 있고, 짐승길 같은 숲길이 계속

이어져 있다. 이 너머에 로잘리아의 마을이 있는 거겠지.

"안내해 줘서 고마워. 여기서 스승짱과 수행하면 분명 어선 시합에 나갈 수 있을 거야. 괜찮으면 로잘리아도 보러 와."

"그래. 그것도 재미있을지도 모르겠군. 무술 시합도 보고 싶고 말야."

그리고 적어도 그때까지는 헤어지는 셈이다. 왠지 마음이 착잡하다. 아직 만난 지 하루밖에 지나지 않았다는 걸 믿을 수 없었다. 훨씬 예전부터 함께 지낸 것만 같다.

"그래그래, 고브코도 제라르와 다시 만나고 싶지?"

스승짱은 심술궂게 웃었다. 그러나 뜻밖에도 로잘리아는 동요하지 않았다.

"그래. 제랄드도 그렇지만, 시이코와도 만나고 싶군. 여기서 헤어지는 게 아쉬워."

로잘리아는 천천히 우리를 돌아봤다.

"──솔직히 말해서, 나는 인간에게 별로 좋은 인상을 가지고 있지 않았어. 인간 도시에서는 고블린이나 아인을 눈엣가시처럼 여기고, 부당한 대우를 한다고 들었으니까. 사실은 왕도로 가는 것도 내키지 않았어. 어제도 변변찮은 녀석들에게 얽혀서, 역시 내가 가졌던 인상대로라고 생각했지. ……너희를 만날 때까지는."

그 말을 듣고 보니, 사실 나도 그랬다. 도시에서 보는 아인들은 피부나 머리색도 다르고, 이야기를 나눠 본 적도 없었는네 소문만 듣고 다가가기 힘들다고 느꼈다. 하지만 지금은 다르다.

"제라르와 시이코에게는 정말로 고마워하고 있어. 여러모로 도움을 받기도 했고, 너희가 없었다면 줄곧 인간에 대해 오해하고 있었을지도 모르지. 분명 나는 이 일을 평생 잊지 않을 거다."

로잘리아의 눈동자가 햇살을 반사하며 반짝였다.

"잠깐잠깐, 분위기 칙칙하게 만들지 말자고. 그렇게 호들갑스럽게 말하지 않아도, 조만간 다시 만날 거야. 게다가, 아무 일이 없어도 언젠가 놀러 가거나 올지 모르니까. 세상에 우연 같은 건 없어. 있는 건 사람의 의지뿐. ⋯⋯그래. 악수라도 할까. 자, 처음에는 제라르와 고브코."

스승짱은 나와 로잘리아의 손을 잡아서 이끌었다. 쑥스러워하면서 내 손을 잡은 로잘리아는 믿을 수 없을 만큼 귀여웠다.

"그럼 다음은 나. 자, 고브코, 손 내밀어. ⋯⋯좋았어!!"

스승짱은 악수하는 척하고 재빨리 로잘리아의 가슴으로 손을 뻗었다. 그러나 그 양손은 로잘리아에게 허망하게 붙잡혔다.

"훗. 몇 번이고 똑같은 수법이 먹힐 것 같으냐. 성장하지 않았구나, 시이코."

로잘리아는 힘겨루기를 하면서 기뻐했다. 이번만큼은 스승짱의 패배 같다.

"마지막이니까 승리의 기회를 넘겨준 거야. 뭐, 다음에 만날 때까지 잘 지내. 로잘리아."

◆

　점점 작아지는 로잘리아에게 손을 흔들어 주자, 그 모습은 숲속으로 사라졌다. 아아, 역시 쓸쓸하다.

　"자, 그럼. 마음을 다잡고 수행? 하러 가 볼까."

　맞다. 침울해할 때가 아니다. 내게는 해야 할 일이 있으니까.

　"네. 우선 어떻게 할까요?"

　"글쎄다. 그럼 일단은 현재 쓸 수 있는 마법을 전부 사용해 봐. 하나도 남김없이."

　쓸 수 있는 거라고 해 봤자, 누구나 구사하는 기본 마법을 제외하면 초급인 불을 꺼내는 마법, 물을 부르는 마법, 돌풍을 일으키는 마법에 마법의 화살을 날리는 마법, 그리고 식물을 성장시키는 마법, 일시적으로 육체를 강화하는 마법, 방어벽을 만드는 마법 정도다. 하지만 내 실력으로는 도움이 되지 않을 것이다.

　다른 마법도 배우기는 했지만, 그 무엇도 쓸 만하게 구사할 수 없었다. 파올로는 나보다 세 배나 네 배는 많이 쓸 수 있을 거다. 그것도 나보다 빠르고 위력도 강하게.

　그래도 지금은 내가 할 수 있는 것에 최선을 다하는 수밖에 없다.

　나는 연습 상대로 커다란 애벌레 같은 마물을 골랐다. 로잘리아가 말한 건 분명 이런 마물이겠지.

　"효외ㅅ이아ㅏ아아! 바람이여! 무한의 하늘에서 어…… 모여? 모여서? 아무튼 한 번 집합해 주세요, 부탁합니다!"

스승짱이 부르르 떨고 있었지만, 나는 못 본 척했다.

"후우. 이걸로 지금 쓸 수 있는 마법은 전부 다 썼어요."

"우훗…… 수고했어. 그나저나 마법의 종류가 꽤 되네."

스승짱은 꽤 된다 정도로 이야기했지만, 잊히거나 알려지지 않은 마법까지 포함하면 천 개 이상이 있다고 전해진다. 지금의 내가 쓸 수 있는 건 그중에서도 극히 일부에 지나지 않는다.

"쭉 생각했던 건데 주문을 외우기 시작하면 실제로 발동될 때까지 꽤 시간이 걸리네. 조금 더 단축시킬 수 없어?"

확실히, 내가 누군가와 연습전을 하면 대부분 상대의 마법이 먼저 완성되어서 점점 불리해지기만 했다. 짧게 줄일 수 있다면 줄이고 싶다.

"그것 말인데요, 짧게 끝내려고 하면 위력이 거의 없거나 실패하게 돼요. 아마 저는 세세하게 신경쓰지 않으면 마력이 정련되지 않는 걸지도……."

"으~음…… 어려운 마법은 쓸 수 없다……. 세세하게 하지 않으면 실패한다……. 하지만 더듬거려도 괜찮고."

스승짱은 턱에 손을 대며 돌아다녔다. 잠시 후에 들리는 손을 탁 두드리는 소리.

"생각해 봤는데, 역시 제라르에게 부족한 건 자신감과 화법 같아. 그래도 그 두 가지를 고치면 마법도 꽤 달라질 거야."

그건 이미 나도 알고 있었다. 그러나 그런 근본적인 단점이 수행으로 어떻게 되는 걸까?

"있지, 제라르. 처음 보는 상대와 이야기할 때, 자신이 10을 전하려고 한다고 치자. 순수하게 말만으로 상대에게 전할 때, 실제로 10 중에 몇이나 전해질 것 같아?"

말의 소중함을 말하려는 건가?

으~음…… 학교 수업 같은 데서 자신은 진지하게 들었지만 이해할 수 있었던 게 절반 정도밖에 안 되는 경우가 자주 있었다. 그렇다면 일상 대화에서도 전부 다 전해지지는 않을지도 모른다. 그래도 일상 대화라면 수업만큼 어렵지는 않을 테니까…….

"7…… 7 정도일까요?"

"뿌~. 그렇게 전해지지 않습니다~."

스승짱은 내 얼굴을 들여다보며 장난스레 웃었다. 일일이 두근두근하게 만드는 건 그만둬줬으면 좋겠다.

"그럼, 6 정도?"

"뿌뿌~. 정답은 말이지, 1이야. 알겠어? 말로는 10을 전하려고 해도 1밖에 전해지지 않아."

1. ……1?! 정말 그럴까? 하지만 스승짱의 말이니 틀림없을 거다.

"그러니까 상대와 대화할 때는 여러모로 요령이 필요해. 친한 상대인가, 대화하는 내용에 흥미를 보이는가, 공감할 수 있는 이야기인가, 몸짓 손짓을 사용하는가, 이런 식으로 조건을 모으면 모을수록 상대방에게 전해지는 게 많아지는 거야."

듣고 보니, 확실히 좋아하는 선생님이나 과목의 수업은 꽤 잘 이해했던 것 같다.

"그러니까 사이비 건강 상품을 팔려면 이것에는 이런 굉장한 성분이 가득 들어있어서 무척 효과적입니다, 추천합니다, 이런 식으로 하면 안 돼. 이걸 먹으면 당신은 분명 살을 뺄 수 있습니다, 당신은 건강해질 수 있습니다, 당신은 젊고 아름다워질 수 있습니다, 이런 식으로 상대방이 듣고 싶은 이야기를 해 주지 않으면 사람을 끌어들일 수 없어. 마법의 주문도 똑같아. 제라르는 무엇을 위해 마법을 쓰고 있어? 왜 마법사가 되려고 해?"

무엇을 위해. 생각해 본 적도 없었다. 나는 무엇을 위해 마법을 쓰고 있었던 걸까?

어젯밤이라면 요리를 만든다는 목적이 있었다. 모처럼 로잘리아가 통통하게 살찐 토끼를 잡아 왔으니까, 두 사람에게 맛있는 요리를 먹여 주고 싶어서 장작에 불을 붙였다. 물론 실패할 리는 없었다. 요리하는 데 딱 알맞은 불을 내는 속도라면 파올로에게도 지지 않을 거다.

하지만, 애초에 내가 마법사가 되려고 했던 이유는……

"아버지……. 제가 마법을 처음 배운 건 아버지에게서였어요. 제가 아버지의 흉내를 내서 마법을 쓰니까, 굉장히 기뻐해 주셨죠. 제랄드는 분명 아버지보다 굉장한 마법사가 될 수 있다면서……"

그렇다. 나는 아버지에게 칭찬을 받고 싶어서 마법을 연습하기 시작했다. 사실은 미법학교에 가는 것보다 아버지에게 마법을 배우고 싶었다. 함께 살고 싶었다.

　그렇구나……. 내 성장이 둔해지고, 멈춰 버렸던 이유를 이제야 겨우 알았다.

　아버지와 떨어지게 된 나는 어느새 마법을 사용하는 목적이 흐릿해졌고, 이내 잃어버렸던 거다. 그래도 지금은——.

　"제라르. 아버지는 돌아가셨을지도 모르지만, 제라르는 반드시 굉장한 마법사가 될 수 있어. 아버지는 그렇게 믿으셨을 거고, 나도 그렇게 생각해. 제라르는 어전시합에서 우승해서, 분명 나를 일본으로 되돌려 줄 거라고 믿고 있어."

　나의 왼손은 어느새 따스한 것에 감싸여 있었다.

　스승짱이 기대해 주고 있다. 그것만으로도 나는 무한한 마력이 솟구치는 기분이 들었다. 얼굴이 뜨겁다. 이마를 어루만지는 바람이 기분 좋았다.

　휘날리는 흑발을 다른 한 손으로 누르며 내 눈을 보고 미소 짓는다. 그 광경은 숨을 삼킬 만큼 아름다웠다.

　"그러니까 마법을 쓰는 이유가 필요하다면, 앞으로는 나를 위해 써 줘. 우승하면…… 그, 이것저것 해 준다는 약속도 했으니까."

　스승짱은 시선을 돌리며 살짝 얼굴을 붉게 물들였다. 그렇다. 나는 이 사람을 위해 마법을 쓰는 거다. 그리고 우승하면, 그 검고 긴 양말을 신은 매혹적인 다리를……!

심장이 굉장한 속도로 두근댔다. 정말로 얼굴이 뜨겁다. 너무 뜨겁다.

"자, 잠깐 제라르! 코피 나는데?!"

어?

뭔가가 내 입술 위로 흐르는 느낌이 들어서 황급히 코를 눌렀다.

"너무 흥분했어. 정말 에로스 제라르라니까. 그럼 이 기세를 몰아서 한동안은 혼자서 노력해 봐. 실은 머리가 조금 아파서 말이야. 숙취인 걸까~."

스승짱은 풀밭에 누워 뒹굴거렸다.

"네엣?! 그런……."

그러나 어쩔 수 없었기에, 나는 코피가 멎기를 기다렸다가 마법 연습을 재개했다.

◆

"위대한 나의 스승을 향한 충의여, 붉은 기염(氣焰)이 되어 불타올라라!"

"바람이여. 무한한 하늘에서 모여 나의 스승에게 적대하는 자들을 휩쓸어라!"

"내 스승의 눈빛과도 같은 깊고 잔잔한 흐름이여, 지금 격류가 되어——."

©Koin

정말이지 놀랍다. 쓸데없는 기합이나 수식을 덧붙이지 않고 솔직한 나의 마음을 짜내기만 했는데도 이렇게나 질 높은 마력을 정련할 수 있게 되다니.

사람 한 명을 감싸 버릴 정도로 커다란 불꽃에, 돌멩이조차 휩쓸어 버리는 회오리. 조금 연습했을 뿐인데도 이미 내 마법의 위력은 지금까지와는 비교도 할 수 없을 정도가 되었다.

"저, 저기. 제라르 군? 아까부터 말하는 그 쪽팔…… 나의 스승이라는 건, 혹시 나를 말하는 거야? 그 주문은, 앞으로도 계~속 쓸 거야?"

스승짱은 어째서인지 고뇌에 가득 찬 표정으로 물었다.

"네. 물론 그럴 생각인데요?"

"그렇겠죠~. ……으아아아아아아…….."

양손으로 얼굴을 가린 스승짱이 마구 굴러다녔다. 아~아~ 긴 머리카락이 풀투성이가 되어 버렸잖아.

"그래도, 스승짱의 가르침에 따르기만 했는데도 이렇게 됐어요! 정말로 굉장하다는 말밖에 할 수 없네요. 이렇게 됐으니 모든 주문을 이런 식으로 고쳐 보려고 해요. ──마력의 빛이여, 여신처럼 총명하고 아름다운 나의 스승을 지켜라, 같은 식으로요."

"끄아아아아악!!"

스승짱은 얼굴을 가린 채 "중2스러워." 라든가 "수치사(死)하겠어."라는 뭔지 잘 모르겠는 말을 외치며 데굴데굴 굴러다니다가 나무줄기에 콱 부딪혀서 움직이지 않게 되었다.

"뭔가 마음에 안 들었던 건가…….."

왠지 모르게 납득이 가지 않는 반응이었지만, 그래도 모처럼 잘 풀리기 시작했다. 나는 이대로 연습을 계속하기로 했다.

◆

100마리 정도의 애벌레를 해치운 나는 한숨 돌렸다. 정신이 들자 서쪽 하늘이 서서히 불그스름해지고 있었다.

일단 물과 바람의 마법을 집중적으로 단련했는데, 역시 실력이 상당히 늘어난 것 같다. 그보다 지금까지 헛되이 낭비하던 힘을 쓸 수 있게 된 것 같았다. 아직 불안정하지만, 제대로 나왔을 때의 위력이라면 파올로에게도 밀리지 않을 거다.

하지만 역시 피곤해졌다. 기쁜 나머지 무리한 걸지도 모른다.

여전히 나무 밑에 누워있는 스승짱도 조금 걱정된다. 틀림없이 자고 있겠지만.

내가 다가가자, 새근~, 새근~ 하는 귀여운 숨소리가 들렸다. 역시나. 깨워서 같이 돌아갈까, 아니면 자연스레 일어날 때까지 나도 잠시 쉴까. 어쩌지.

그런 생각을 하고 있는데, 새근새근 소리에 이상한 잡음이 섞였다. 새근~부~웅, 새근~부~웅. 소리가 점점 커진다. ……아니다. 이건 다른 소리다.

부우우우우웅 하는 소리는, 스승짱이 누워있는 곳보다 훨씬 멀리서 들려왔다.

"우와아아아아아아악?!"

"으응…… 제라르 시끄럽잖……."

이놈 베스파였다. 게다가 하나, 둘, 세 마리.

"이, 이, 이 일어나 주세요! 베스파가!!"

"어? 어? 우왓, 벌! 말벌이냐!!"

새끼 돼지만큼 커다란 이놈 베스파는 그냥 베스파 같은 것하고는 비교도 되지 않을 만큼 흉포함을 자랑한다. 초가을의 둥지 만들기 계절이 되면, 가까이 오는 상대가 누구든 가차없이 습격한다. 드물게 도시 근처에 둥지를 만들게 되면 완전무장한 병사가 마술사를 데려와 총 열 명 정도가 구제(驅除)에 나선다고 들은 적이 있다.

나는 이리로 날아오는 이놈 베스파에게서 도망치기 위해서 스승짱을 일으켜 세웠지만, 그러는 와중에도 세 마리가 다가오고 있었다.

──달려서 도망칠까? 아니, 이미 늦었어. 불을 꺼낼까? 안 돼, 자칫하면 불덩이인 채로 돌격해 올 거야.

"꺄아아아!"

"비, 비, 빛이여! 마력의 빛, 스승짱을 지켜 주세요, 부탁합니다!"

내가 즉석에서 선택한 것은 방어벽을 만드는 마법이었다. 종잇장 같은 장벽밖에 만들지 못했었는데, 지금 내 눈앞에는 투명하고 두꺼운 분홍색 벽이 있었다. 다음 순간, 쾅아아앙 하는 격돌음이 들렸다.

"……이거 제라르의 마법? 괜찮아?"

괜찮은지 아닌지는 내가 더 알고 싶다. 방어벽에 픽꽂한 베스파들은 귀에 거슬리게 부웅부웅 소리를 내면서 원망스럽게 벽을 계속 공격했다. 대체 언제까지 버틸까?

"으으으, 나는 벌레 같은 건 너무 싫은데! 제라르, 어떻게 좀 해 줘!"

스승짱이 내 뒤에 달라붙었다. 로잘리아에 비하면 꽤 얌전하기는 해도, 그곳에는 확실한 존재감…… 이런 생각을 할 때가 아니다.

일단 방어벽을 한 장 더 만들고, 버티는 동안에 어떻게든 불꽃 마법을…….

휘익, 바람 가르는 소리가 나더니 우리를 노려보던 베스파가 한 마리 줄어들었다.

"어?"

그다음 또 한 마리가 땅에 떨어졌다. 이번에는 알았다. 화살이다.

"아! 저기 고브코! 고브코가 있어!!"

스승짱이 가리킨 곳에는 정말로 고블린 소녀가 있었다.

갑옷 같은 것을 입은 로잘리아는 커다란 활로 이쪽을 똑바로 겨누고 있었다.

새로운 적을 눈치챈 베스파가 우리에게서 떨어져서 엄청난 속도로 날아갔다. 베스파의 불규칙적인 움직임을 보고 불리힘을 깨달았는지, 로잘리아가 활을 놓고 곤봉을 꺼냈다.

"앗! 위험해!!"

그러나 로잘리아는 은빛 머리를 휘날리면서 미쳐 날뛰며 돌진한 베스파를 너무나도 간단히 피해 버렸다.

그리고 믿을 수 없는 속도로 곤봉을 휘둘렀다.

우리는 베스파가 지면에 떨어져서 움직이지 못하게 되는 모습을 멍하니 지켜봤다.

"굉장해……."

그런데, 대체 왜 로잘리아가 여기에 있는 걸까?

◆

"그게 말이지…… 나는 이후에 마을로 돌아갔는데……."

대활약이었을 텐데, 어째서인지 로잘리아는 부끄러운 듯이 시선을 돌렸다.

로잘리아의 아버지는 로잘리아가 돌아온 것을 알자 처음에는 기뻐했다고 한다. 그러나 목걸이를 판 돈을 보여주자 매우 놀랐다.

『로즈, 이 돈은 뭐냐?! 꽤 많잖냐.』

『어? 당연히 목걸이를 판 돈이지. 아버지는 대체 무슨 소리를 하는 거야.』

『뭐? 왕도에서 쓰지 않은 거냐?』

『……바보 취급하는 거야? 쓸 리가 없잖아!』

아버지는 멍해졌지만, 다음 순간에는 주변 사람들까지 함께 폭소를 터트렸다.

『아니, 로즈 너 정말로 가지고 돌아온 거냐? 판 돈을 전부?』

『푸하하하, 대체 이장네 딸은 얼마나 의리가 두터운 거냐고. 정말로 우리랑 같은 고블린 맞냐?』

『아니아니, 아무리 그래도 전부는 아니겠지. 절반 정도는 쓰지 않았을까?』

영문도 모른 채 수치심과 당혹감으로 새빨개진 로잘리아에게 아버지가 말했다.

『로즈…… 아니, 확실히 팔고 오라고는 했지? 하지만, 보통 젊은 녀석들은 다들 판 돈으로 마음대로 먹고 마시거나, 도박에 쏟아붓는 법이야. 그대로 여행을 떠나서 돌아오지 않는 녀석이나, 늘어난 돈을 밑천 삼아 장사를 시작한 녀석도 있지. 그 있잖냐. 왕도에서 대금업자 하는 숙부가 있다고 말했었지?』

『그런……. 하지만 그래서는 착복, 횡령이잖아! 그런 게 용납되는 거야?! 마을을 대표하는 사람다운 책임감은 대체 어디로 간 거야!!』

『아……. 그러니까 그건 구실인 거다. 애초에 진심으로 팔고 오라고 말할 생각이었다면 한 명만 보내지 않아. 왜냐하면 욕심 많고 심술궂은── 고블린이 남의, 그것도 거금을 눈앞에 두고 손대지 않고 참을 수 있을 리가 없으니까.』

이미지는 항복이라는 듯이 양손을 들었다. 로잘리아는 너무나도 경악스러운 사실에 목소리조차 내지 못하고 금붕어처럼 입만 뻐끔뻐끔 움직일 뿐이었다.

『그거다. 이번에 로즈 너도 갔듯이, 16세가 되면 다들 우리 마을의 명산품이나 돈 될 만한 걸 가지고 왕도로 가잖냐? 그건 원래 성인이 된 축하 선물 같은 거다. 좁은 마을에서 나가서 바깥 세계를 보고 오라는 의미도 있지. 하지만 뭐, 대부분 순식간에 판 돈을 전부 써 버리고 터덜터덜 돌아오지만. 가끔 도회지 생활이 마음에 들어서 정착해 버리는 녀석도 있어. 매년 그렇게 다들 갔다가 돌아오니까, 로즈 너도 알고 있을 줄 알았는데…….』

머리를 긁적이며 미안해하는 아버지와는 반대로, 주변 주민들은 드디어 못 참겠다는 듯이 다시 웃기 시작했다. 로잘리아는 새하얗게 불타 버렸다.

"──어이가 없어진 나는 그 길로 마을을 나와 버린 거다."

"아하하하하하! 고브코, 그런 말을 들었어? 그~러니까 써 버리라고 말했잖아~, 바보야~."

스승짱은 시무룩하게 고개를 수그린 로잘리아를 보며 배를 잡고 웃었다.

"시이코가 바보 취급하는 것도 당연하겠지. 옛날부터 어렴풋이 느꼈지만, 역시 나는 고블린답지 않은 걸지도 몰라. 이제 나는 스스로에게 자신감이 없어졌어……."

풀죽은 로잘리아를 본 나는 항의하고픈 마음을 숨길 수가 없었다.

"말씀이 지나치시잖아요! 로잘리아는 고블린입지 않을지도 모르지만, 정말로 훌륭하다고요. 성실하고 의리도 두텁고, 의지도 강해요. 저도 본받고 싶을 정도라고요. 비웃고 싶은 사람은 실컷 비웃으라죠. 하지만 나는 로잘리아의 그런 점을 정말 좋아해요."

"뭣……."

로잘리아는 눈을 깜빡이고는 믿기지 않는 것을 봤다는 눈으로 나를 바라봤다.

"잠깐잠깐! 나는 고브코가 바보라고 말했을 뿐이지, 딱히 못났다고 하지는 않았다고. 그런 외눈박이 마을의 두눈박이 같은 모습이 고브코의 좋은 점이니까, 바보 같긴 하지만 귀여운 모습 그대로면 돼. 고브코가 바보인 덕분에 아까 벌에 쏘이지 않을 수 있었으니까. 오히려 바보 고브코를 칭찬해 주고 싶을 정도야. 바보라서 다행이네~."

그랬었구나. 성급하게 나선 내가 부끄럽다. 하지만 칭찬하는 것처럼 들리지 않는 건 나뿐일까.

하지만, 어째서인지 얼굴이 살~짝 상기된 로잘리아에게는 들리지 않았던 모양이다.

"근데 마을을 나온 건 그렇다 치고, 앞으로는 어쩌려고?"

확실히 그건 신경 쓰인다.

"…………헉. 으으음, 그건 저기, 원래 바깥 세계를 보고 오라는 이야기이기도 했으니까. 하, 한동안은 여기저기서 견문을 넓혀야겠지. 기왕 온 거 돈은 돌려 달라느니 뭐니 하면서 회수당할 뻔했지만, 주지 않고 가져왔다."

"그럼 고브코는 자유로워진 김에 우리가 아직 있나 없나 보려고 찾으러 온 거야?"

"아, 아니야! 여기는 우연히 지나가는 길이었으니까……. 게다가, 마물의 기척도 느껴졌고……."

로잘리아의 쓰라린 변명은 무시당했다.

"그렇게나 거창하게 헤어졌는데, 눈물지으며 헤어졌는데, 우리를 만나고 싶어서 한나절도 버티지 못하고 와 버렸잖아? 어머나~, 귀여워라!!"

"우우…… 울지 않았어!!"

스승짱이 뒤에서 달라붙자, 로잘리아는 울상을 지으며 뿌리쳤다.

"근데 그 차림새는 뭐야? 뭔가 갑옷 같은 걸 입고 있는데."

헤어지기 전에는 평상복이었던 로잘리아가 지금은 가죽 같은 소재로 만든 갑옷을 입고 있었다.

"이건 그게…… 제라르가 수행할 때 지금처럼 강한 마물이 나오면 위험하니까…… 쓰러뜨리면 내 단련도 되고……."

"즉, 함께할 생각이 넘쳐났다는 거잖아~."

로잘리아는 스승짱을 노려보다, 심호흡을 하며 말을 이었다.

"그러니까 그게…… 혹시 괜찮다면, 한동안 나도 제라르의 집에, 머, 머물게 해줄 수 있을까……."

"으응~? 어떻게 할까아."

"어……."

로잘리아는 당장에라도 울 것 같은 표정을 지었다. 정말로 신슷굿네.

"거짓말 거짓말, 나와 고브코 사이니까, 그거야 당연히 오케이지. 그치? 제라르."

"아, 무, 물론! 몇 년이든 마음껏 있어도 되니까!!"

로잘리아는 후우, 하고 숨을 내쉬었다.

"그럼 한동안 신세 지도록 하겠어. 도움이 될 일이 있다면 뭐든 말해 줘. 장작 패기든 물 길어 오기든 힘쓰는 일이라면 맡겨둬!"

"그건 좋지만 고브코, 눌러살 거면 집주인인 제라르가 에로스한 일을 요구하더라도 거절할 수 없거든?"

?!

"가, 각오는 되어——."

"그런 요구 안 할 거거든?!"

우리 세 사람은 저녁놀이 지는 가도를 걸어서 우리 집으로 향했다.

"그보다 고브코, 아까 그건 굉장하더라. 휙휙 해치우는 거 멋있었어. 이제 틀렸다고 생각했는데 고마워."

"어? 뭐, 뭐어 그 정도쯤이야. 매일 단련하고 있으니 별것 아니지."

"이제 그냥 고브코도 시합에 나가면 되지 않을까? 분면 높은 곳까지 갈 수 있어. 아까 봤던 내가 보장할게. 어쩌면 우승할지도?!"

"후후후. 실은 시합에서 힘을 시험해 보는 것도 나쁘지 않다고 생각하던 참이다."

의기양양해진 로잘리아가 발걸음도 가볍게 앞으로 나아갔다.

이렇게 병 주고 약 주는 사이에 다들 어느샌가 홀라당 넘어가 버리는 거다. 더욱 질이 나쁜 건——.

"물론 제랄드 말이야. 마법으로 나를 지켜준다고 했지? 어느새 이렇게 믿음직해지다니, 난 제라르를 다시 보게 됐어."

스승짱은 내 어깨에 손을 올리고는 수줍어했다.

——홀라당 넘어가고 있다는 걸 알고 있지만, 이게 손쓸 방법이 없단 말이지.

◆ ◆ ◆

그로부터 우리는 매일 같이 셋이서 수행했다.

"하아아압! 으랴아아아압!"

"기도여, 내 친구의 보이지 않는 혈육이 되어라!!"

"아, 이 비스킷 의외로 괜찮네."

눈앞에 있는 건 거대한 식물 같은 마물이다.

나는 붉은 촉수를 피하면서 어떻게든 지원마법을 완성했다.

그러자 마력으로 강화된 로잘리아의 움직임이 더욱 빨라졌고, 가시 달린 곤봉이 무수한 촉수를 한 번의 공격으로 잘라 버렸다. 스승짱은 뒤에 앉아서 과자를 먹고 있다. 그 찰나.

"으극?!"

안전해야 할 터인 뒤쪽에서 나와서는 안 되는 신음소리가 나왔다.

"스승짱!"

나는 공황에 휩싸여서 반사적으로 뒤를 돌아보고 말았다.

"콜록, 콜록…… 으으, 사레들렸어."

안심한 순간, 조금 남아있던 촉수가 내 뒤통수를 후려쳤다.

"이봐, 시이코. 아무것도 하지 말라고는 하지 않겠지만, 아무리 그래도 긴장감이 너무 없는 것 아니냐? 오늘 마물은 꽤 강하다고 했을 텐데."

의식을 되찾은 내 머리는 뭔가 부드러운 것 위에 올라가 있었다. 누군가의 손이 머리카락을 어루만지고 있다.

"그야, 계속 응원하기만 해서는 재미없는걸."

"그럼 너도 전선에서 싸워볼 거냐?"

"에이, 무리무리. 나는 파티로 따지면 마스코트 포지션이고, 고브코처럼 근육이 우락부락하지도 않거든."

"그렇게 우, 우락부락하다고 할 정도는 아니거든?!"

그러고 보니, 스승짱의 사법은 당연한 이야기지만 말이 통하지 않는 마물에게는 쓰지 못할 것이다.

초반 무렵에는 새로운 마물을 발견한 때마다 미라밈과 떠들어 댔지만, 요즘에는 완전히 차분해졌다.

"뭐, 어쨌든 오늘은 제라르가 다쳤으니까 더 이상 싸우는 건 무리잖아. 그러니까 제라르가 일어나면 이번엔 다른 수행을 하러 갈까."

"그게 뭐냐. 마법 수행인 거냐?"

"인생 전반에서 유용한, 삶을 살아가는 법에 관한 수행이려나? 자신에게 자신감을 붙여 준다고나 할까. 고브코는 잠시 견학해야겠지만, 뭐 가끔은 괜찮잖아. ……아, 제라르 일어났어?"

거꾸로 뒤집힌 얼굴 두 개가 나를 들여다봤다.

"수행이라니…… 대체 뭔가요?"

"헌팅이야, 헌팅. 헌팅하는 거야, 제라르가."

스승짱은 내 뺨을 양손으로 누르면서 장난스레 웃었다.

◆

"저기, 헌팅이라는 건 대체 뭘 하는 건가요?"

우리는 왕도 주변에 있는 위성도시 중 하나, 사티노로 향하고 있었다. 스승짱에게 '사람이 나름대로 많은 도시, 특히 젊은 여자아이가 많은 곳'으로 가자는 요청을 받았기 때문이다.

"헌팅이란 말이지~, 거리에서 여자아이에게 말을 걸어서 구워삶는 거야. 너 귀엽다, 지금부터 나랑 어디 놀러 갈래? 같은 식으로."

로잘리아가 "뭐어!?"라며 나의 경악을 대변해 줬다.

"그건 설마, 저보고 구애를 하라는 건가요?! 지나가는 여자 아이한테?!"

"마법은 꽤 능숙해졌지만, 역시 제라르에게는 배짱이 좀 부족하다 싶어서. 마법이든 사…… 비즈니스든 하나도 둘도 배짱이거든. 그러니까 열심히 해."

잠깐 기다려 줬으면 좋겠다. 확실히 난 배짱이 없긴 하지만, 그렇다고 껄렁한 남자가 할 법한 가벼운 짓을 할 수 있을 리가 없다. 게다가 내게는 이미——.

…………? 내게는 이미, 뭐지? 내가 무슨 생각을 하는 건지 잘 모르겠다.

뭐, 연인이 있는데도 여자아이에게 말을 거는 파울로 같은 녀석과는 달리 연애와는 인연이 없는 내게는 그런 문제가 없을지도 모르지만. 아무튼 곤란하다.

"자, 잠깐 기다려! 왜 제라르가 그런 걸 할 필요가 있는 거냐? 너, 정말로 제라르를 생각해서 하는 말이냐? 진심으로 그…… 누군가가 권유를 받아들이면 어쩔 셈이야!"

"확실히 생각하고 있어. 어찌 됐든 배짱이 없으면 시합에서는 도저히 이길 수가 없어. 아무리 많이 수행해도, 실전에서 힘을 끌어내지 못하면 의미가 없으니까. 그러는 고브코야말로, 제라르가 걱정되는 게 아니라 그냥 자기가……."

"와악~~~! 와악~~~!"

로잘리아가 황급히 스승짱의 말을 가로막았다. 대체 뭐야.

"뭐, 딱히 진짜 여자친구를 사귀라는 건 아니야. 함께 놀거나 차를 마시는 걸 승낙 받으면 합격으로 해 줄게. 이건 정말로 재미…… 제라르를 위해 도움이 될 거야!"

이게 대체 뭐야…….

◆

하얀 돌바닥과 붉은 벽돌의 현대적인 거리가 눈에 비친다.

낮의 사티노는 가지런하고 새로워서, 오히려 왕도보다도 분위기가 좋았다.

그러나 여기서 지금부터 여성을 찾아 어슬렁거려야 한다. 그렇게 생각하니, 내 기분은 초라한 농촌의 밭에 쌓여있는 흙더미처럼 무거웠다.

"너, 무척 귀, 귀, 귀엽네(스승짱의 3분의 1 정도는). 게다가 스타일도 좋……? 지 않을까(로잘리아와는 비교도 안 되지만)? 나랑 어딘가로 놀러 가지 않을래?"

"너, 사람의 눈을 보고 말하지 않을래? 빈말인 게 뻔히 보이거든? 뭐, 어차피 거절하려고 했지만."

"맛있어 보이는 빵이네. 이걸 만든 당신의 마음도 분명 이 빵처럼 포, 포, 폭신폭신하겠지."

"너 무슨 영문 모를 소리를 하고 있어? 이걸 만든 건 우리

남편이야. 이쪽은 너처럼 한가하지 않다고. 손님이 아니라면 얼른 가 버려!!"

"할머니, 나, 나야 제랄드야. 잠깐 어울려 줘."
"아앙? 마스터 오브 제다이?"
"……아무것도 아니에요."

자포자기한 나는 닥치는 대로 말을 걸고 다녔다. 그러나 벌써 20명 이상 상대했는데 아무도 대화조차 해 주지 않았다. 내 뒤쪽 그늘에서는 푸하하하하 하고 품위 없이 웃는 소리가 들려왔다.

"후우, 후우…… 역시 제라르. 장래에는 개그맨이 될 수밖에 없어!!"

스승짱은 곤혹스러워하는 로잘리아의 등을 팍팍 두드렸다.

"이봐, 시이코. 역시 제라르에게는 저런 경박한 남자 같은 짓은 무리다. 슬슬 그만두라고 하는 게……."

"자자, 잠깐만 기다려. 이제부터 비책을 전수할 테니까. 다음에는 그대로 해 봐."

비책. 정말 그런 걸로 휙휙 걸려들까?

"전에도 말했던 것 같지만, 남의 신뢰를 얻으려면 공감이 중요해. 여자아이는 특히 그런 걸 중요하게 생각하는 타입이 많으니까. 상대에게 질문을 하고, 그 말을 반복하면서 대화를 이어가 봐. 너는 어디서 왔어? 아, 왕도에서 왔구나. 취미는? 오오, 과자 만들기가 취미구나. 애플파이를 좋아하는구나. 나랑 똑같네. 이런 식으로."

여기까지 오니 뭐든 다 해보자는 마음이 든다. 이러니저러니 해도 조금은 배짱이 붙은 걸지도 모른다.

"저기, 너, 굉장히 귀엽네? 지금 어디 가?"

내가 말을 건 것은, 또래 정도로 보이는 어디서 본 듯한 여자아이였다.

"뭐? 왕도의 기숙사로 돌아갈 건데? 이제 출발하지 않으면 마차 시간에 늦으니까."

여자아이는 얼굴에 어울리지 않게 날카로운 시선을 보냈다. 그러나 여기서 꺾일 수는 없다.

"왕도 기숙사로 돌아가는구나. 그런가. 이제 출발하지 않으면 늦는 건가."

"장난쳐? 그보다 왠지 어딘가에서 봤다 했더니, 너 제라르 아냐? 마법학교에서 같은 반이었잖아? 이런 데서 뭐 하는 거야?"

잘 보니, 여자아이는 같은 반이었던 안나다. 나는 패닉에 빠졌다.

"흐응, 나는 제라르였구나. 뭘…… 하고 있는 걸까. 이런 곳에서……."

"낙제한 충격으로 머리까지 이상해졌어? 미안하지만, 난 서둘러야 해서 이만."

"그렇다니까, 나는 머리가 이상…… 이게 아니고, 잠깐 기다려! 지금부터 나랑 놀러 가지 않을래?"

"그냥 죽지 그래?"

◆

"저기, 뭐랄까. 제라르, 미안."

"괜찮아요. 제가 가르침을 살리지 못했을 뿐이니까. ……
하아……."

고개를 수그린 내게 스승짱이 말을 걸었다.

"잠깐 기다려! 포기하는 건 아직 일러! 노력한 제라르에게
놓칠 수 없는 빅 찬스야. 제라르가 헌팅을 시작할 때부터 안
절부절못하던 쉬운 여자아이를 꼬드겨 주세요."

"여자아이? 어디에 있나요?"

시간이 늦어서 그런지, 근처에는 이미 여자아이는커녕 인
적도 드물어졌다.

"있잖아. 여기에."

스승짱이 가리킨 건, 로잘리아였다.

"뭐어?! 나?!"

"그래. 제라르도 고브코라면 그리 애쓰지 않아도 되잖아.
고브코는 수행이라는 건 잊어버리고 자연스럽게 대응할 것.
알겠어? 그럼, 방해꾼이 오지 않는 사이에 스타트!"

깅제로 길모퉁이끼지 이둥히게 된 니외 코잘리이는 한 발

짝 내디디면 손이 닿을 거리에서 마주 봤다.

어째서지. 막상 로잘리아를 꼬드기려고 하니까 의외로 차분해졌다. 그 지옥 같은 몇 시간의 성과일지도 모른다.

마주 보는 나와 로잘리아. 불그스름해지기 시작한 태양이 돌바닥과 집들을 물들였고, 왠지 모르게 좋은 분위기가 났다.

"왜 내가 이런……."

로잘리아는 꾸물꾸물 손가락을 꼬면서 때때로 힐끔힐끔 나를 쳐다봤다. 딱히 별생각 없는 여성들 상대로도 실컷 말을 걸어 왔다. 로잘리아처럼 매력적인 여자아이를 꼬드기지 못할 리가 없다.

"로잘리아."

"녜, 녜헷?!"

상기된 목소리로 외친 로잘리아를 본 내 마음은 더욱 여유를 찾았다. 내가 리드해야만 한다.

"그렇게 딱딱하게 굳어있지 않아도 괜찮아. 내 눈을 봐 줘. 저기, 바다라고 알아?"

"뭐, 뭐냐 새삼스럽게……. 바다라. 아버지에게 들은 적이 있다. 듣기로는 강이나 샘물보다 훨씬 많은 물이 있다지? 그리고 물이 짜다고 그러던데. 아마 평소에 자주 하는 헛소리겠지. 고작 샘물조차도 짜게 만들려면 귀중한 소금이 얼마나 많이 필요할지 모르는데."

"바다에 관해 들은 적이 있나 보네. 그런데 가 본 적은 없어?"

"음, 없지."

"그거 잘됐네. 뭐, 나도 어린 시절에 한 번 갔을 뿐이니까 자세한 건 기억나지 않지만. 그래도 바다가 아름답고, 파도 같은 것도 있고, 물이 정말 짰다는 건 기억해. 신기하고 재미있었어. 그러니까 나중에 한가할 때라도 좋으니까, 같이 항구마을로 놀러 가지 않을래? 분명 즐거울 거야."

"어?! 나하고?! 하지만……."

새빨개진 로잘리아는 스승짱을 바라봤다. 그런 로잘리아가 귀여워진 나는 자연스레 미소를 지었다.

"로잘리아가 처음 가는 거라면 나도 같이 가고 싶은데, 안될까?"

"뭣……. 괘, 괜찮습니다……."

"자자, 끝이야 끝!"

스승짱의 목소리와 함께 정신을 차렸다.

"아, 이번에는 꽤 잘해낸 것 같은데. 어떤가요?"

"어? ……아, 뭐. 그럭저럭인 수준이네. 그보다 제라르 넌 사실……."

"해냈다!!"

마침내 칭찬받았다.

"뭐, 됐나. 그럼 어두워지기 전에 돌아갈까~."

가도에 세 개의 긴 그림자가 뻗었다. 이제 완전히 익숙해진 광경이다.

"……어흠. 그럼 제라르여. 바, 바다에 가는 건 언제로 할까?"

"어라, 고브코 정말로 가고 싶어졌어? 그럼 조만간 가 볼까. 모두 함께."

"모두 함께?!"

뭔가 오해했는지, 로잘리아가 발을 멈췄다. 하지만 확실히 실제로 가보는 게 재미있을지도 모른다.

"아, 그거 좋네요. 항구마을에는 맛있는 게 엄청 많다고 해요. 조개라든가 랍스터라든가."

아버지와 갔을 때는 잠깐 들렀을 뿐이라, 음식은 미개척이었다.

"그러고 보니 여기 오고 나서 생선 같은 건 먹은 적 없을지도 몰라. 아~, 배고파졌네. 겨울이 되기 전에, 그냥 당장 내일에라도 가 보자, 바다!"

나는 발걸음이 빨라진 스승짱을 황급히 따라갔다. 몸집은 가녀린데도 걷는 속도는 꽤 빠르다.

"크으, 기다려. 이 녀석들아! 으그그극……."

셋이서 살게 되고 나서는 날씨가 좋고 나쁨에도 일희일비하게 된다.

"요즘에는 비만 주구장창 내렸으니까, 오늘은 뭐라도 하면서 놀자!"

오랜만에 가을다운 쾌청한 날씨에, 아침밥을 먹자마자 바로 그런 발언이 나왔다.

비가 내려도 집 안에서 잘만 놀았던 것 같은데.

"마치 비가 올 때는 놀지 않았다는 것 같은 말투구나. 그보다도 제라르의 수행은 어떻게 된 거냐. 응?"

로잘리아가 내 마음을 대변해 줬다.

"그럼 수행 같은 놀이로 하자. 그러고 보니, 제라르가 전에 말했던 아버지의 마도서는 어디 있어? 잠깐 보고 싶은데, 괜찮아?"

아버지가 취미로 모은 마도서를 말하는 것이리라. 희소하 긴 하지만 도움이 안 되는 마법밖에 없는 데다, 내가 쓸 수 있는지조차 알 수 없어서 대부분 아버지의 방에 내버려 두고 있었다.

"안내할게요. 이제 슬슬 청소라도 할까 싶었으니까요."

"고브코도 가자."

"아니, 나는 됐다. 마법에 대해서는 들어 봤자 모르니까. 그보다도 모처럼 맑은 날이니까, 빨래를 끝내려고 해."

아침밥을 먹고 난 뒷정리를 하던 로잘리아는 등을 돌린 채 대답했다. 요 며칠 쌓여 있던 빨래를 해 주겠다는 거겠지.

스승짱은 사교성이 없다느니 뭐니 투덜투덜 떠들었지만, 나는 정말로 고마웠다.

"뭔가 고브코에게 상난칠 수 있는 마법 없어? 그급 성퓌인 것도 가능."

그런데 이 사람은…….

"그만두자고요. 모처럼 빨래해 준다고 하는데."

"나는 고브코랑 놀고 싶다고! 그~러~니~까~ 제라르, 부~탁~해~."

여차할 때는 굉장한데, 평소에는 이렇게나 위엄이 없는 스승도 드물지 않을까?

"마법이라고 해도, 애초에 여기에는 멀쩡한 마법 같은 건…….."

아버지의 방에서 내 눈길을 끈 것은, 난잡하게 쌓인 마도서에 붙은 대량의 메모였다. 분명 아버지가 쓴 것이리라.

『주로 쓰는 팔을 일시적으로 바꾼다.』

『재채기가 멈추지 않게 된다.』

『몸이 가려워서 견딜 수 없게 된다.』

『옷끈이 풀어진다.』

『신발 밑을 끈적끈적하게 만든다.』

"오? 지금 이거 봤어? 이거 봤지? 어디어디, 주로 쓰는 팔에, 재채기…… 이거 좋네!"

아아, 들키고 말았다. 게다가 그 페이지들은 모두 얇아서 간단해 보였다.

◆

우리는 콧노래를 부르면서 옷을 빠는 로잘리아를 그늘에 숨어서 엿봤다.

"정말로 하는 건가요?"

"YES!"

아아…… 로잘리아, 미안.

"유쾌하고…… 요정…… 내…… 의…… 듣고…… 움직여라."

세탁물을 빠는 로잘리아에게 들리지 않게 작은 목소리로 영창했다.

"……어라? 실패?"

"죄송해요, 소리가 너무 작았어요."

이번에는 좀 더 크게.

"장난을 좋아하는 요정에게 청한다, 내 스승의 어리광을 듣고 움직여라!"

갑자기 안개 같은 것이 로잘리아를 감쌌다. 땀을 닦고 한숨 돌리던 로잘리아는 전혀 깨닫지 못했다.

"후우."

로잘리아는 허리에 힘을 주고 나무통을 힘껏 들어 올렸다. 아아, 주로 쓰는 팔이 바뀐 지금 그런 일을 하면…….

"와앗?! 우풉!"

나무통은 단숨에 기울어져서 로잘리아의 반신을 흠뻑 적셨다.

"?! ……?!"

아무런 도움도 되지 않는 마법인 줄 알았는데, 이런 사용법이 있었다니. 정말로 마법을 악용하는 네는 친게저이다.

"좋아, 다음. 계속 밀어붙여서 옷끈을 풀어 버려!"

계속 고개를 갸웃하던 로잘리아는 비어 버린 나무통을 들고 물을 뜨러 갔다. 이건 장난 수준이 아닌 것 같은데…….

"―작위적인 해프닝이여 오라! 브라파 안치라 키스케베!!"

이해할 수 없는 단어는 분명 고대어 같은 거겠지.

"와앗!!"

그러나 옷자락을 묶고 있던 끈이 가장 먼저 풀렸고, 발을 헛디딘 로잘리아는 속옷을 보일 새도 없이 넘어지고 말았다. 아깝다.

"쳇. 어쩔 수 없으니 마지막으로 재채기."

주문을 영창하자, 왠지 나까지 코가 근질근질했다.

"후엣취!"

그 생각이 들자마자 정말로…… "앳취!" 어째서 "후엣취!"

"잠깐, 왜 제라르가 마법에 걸린 거야? 그게 아니라 고브코한테―."

"……나한테, 뭐냐?"

올려다보자, 그곳에는 무척이나 화가 난 로잘리아 씨가…….

로잘리아의 꿀밤을 맞은 우리는 사이좋게 비명을 질렀다. 잘 생각해 보니, 확실히 '상대의' 재채기라고는 적혀 있지 않았다!

◆ ◆ ◆

그 이후에도 놀이 같기도 하고 수행 같기도 한, 바보같이 소란을 피우는 나날이 흘렀다.

이윽고 가을도 끝나고, 셋이서 몸을 맞대며 추운 겨울을 보내자, 드디어 봄의 발소리가 들려왔다.

이러니저러니 하는 사이에도 시간은 흘러, 어전시합이 치러지는 왕도의 제전—— 카르네발레의 날이 다가왔다.

"우와, 굉장해! 이거 전부 축제 장식?"

겨우 도시 중심부에 도착하자, 스승짱이 멈춰 섰다. 오랜만에 찾은 왕도는 지금부터 사흘 동안 계속되는 카르네발레를 위해 변모해 있었다.

"역시 왕도 정도가 되면 축제 규모도 엄청나군……."

로잘리아도 감탄한 듯이 숨을 내쉬었다. 뭐, 1년 만에 오는 나조차도 고양되는데, 처음 보는 스승짱과 로잘리아는 더더욱 그렇겠지.

형형색색으로 물든 깃발이 이곳저곳에 걸려있고, 그 밑에는 천사나 동물 등등 저마다 가장을 한 사람들이 돌아다녔다. 이곳저곳에서 연주되는 류트와 오카리나 소리가 탬버린의 리듬과 함께 하늘로 빨려 들어갔다.

오늘은 도시를 드나드는 사람의 수도 일반적인 경축일보다 많았다.

"호~이, 실례할게~."

"후오오오오"

스승짱이 올려다보는데, 옆에서 말에 타 가장한 남자와, 일반적인 것보다 두 배는 긴 바지를 입은 기다란 남자가 어깨를 나란히 하고 지나갔다. 딱딱 소리가 들리는 걸 보면 죽마(竹馬)에 탄 모양이다.

"깜짝 놀랐네…… 진짜 키다리 아저씨인 줄…… 하움."

"또 시이코가 어느새 음식을……."

"응? 이거? 저기서 팔더라. ……그보다 이거 맛있네, 버터 감자구이 같아. 고브코도 자, 아~앙."

"어디어디, 아…… 아훗, 뜨거워!!"

"아하하하. 갑자기 한꺼번에 입에 넣으니까 그렇지, 바보야~."

오늘만큼은 포장마차도 굉장한 숫자가 나와 있다. 평소에는 잘 볼 수 없는 음식인지라, 스승짱은 역시 놓치지 않은 모양이다.

"우와아아아아아아아악!"

"도망쳐!"

눈앞에서 아인과 인간 아이들이 뒤섞여서 뛰어갔다. 무슨 일인가 하니, 건너편에 밀려오는 차 같은 병기가 있었다.

"간다~!!"

"으햐아악!"

이날은 왕성 병사들도 소형 투석기를 가지고 나와 돌 대신 얇은 주머니에 든 물을 던지며 놀고 있었다. 벌써 수백 년 동안 전쟁을 하지 않았다고 하니까, 분명 성 창고에서 잠들어 있었던 것이리라. 비명을 지르며 도망치는 사람들이 웃고 있었다.

"와, 여기에도 왔어!"

스승짱은 물에 얻어맞기 직전에 옆으로 뛰어 피했다.

"위험했네~, 저기저기, 방금 내가 피하는 모습 멋지지 않았어?"

"……그보다도, 나한테 뭔가 할 말은 없는 거냐?"

그 말을 듣고 바라보니 로잘리아는 흠뻑 젖어 있었다. 스승짱이 맞기 직전에 피한 물을 전부 맞은 모양이다. 은빛 머리카락이 갈색 피부에 달라붙은 채 원망스러운 시선을 보내는 로잘리아를 보니, 미안하다고 생각하면서도 웃음이 나오고 말았다.

"아차~ 고브코 미안~. 그렇게 둔한 여자일 줄은 몰랐어. 용서해 줘."

"이 자시익!!"

로잘리아가 화를 내자, 스승짱은 앞도 보지 않고 냅다 도망쳤다. 앗…….

"우뷰!"

"아얏."

촤악, 정면에서 물을 뒤집어쓴 스승짱에게 돌격한 로잘리아가 비명을 질렀다.

"아~아…… 둘 다 그런 짓을 하니까…… 두 사람 다 괜찮나요?"

체념한 듯이 얼굴을 닦은 스승짱은 대답하지 않고 나를 빤히 바라봤다. 그 순간 불길한 예감이 들었다.

"……저기, 고브고. 세라트만 따돌리는 긴 블쌍하다고 생각하지 않아?"

"웬일로 의견이 맞는구나. 나도 그렇게 생각하던 참이다."

"어? 설마……."

다음 순간, 나는 두 사람에게 양팔을 꽉 붙잡혀서 전혀 움직이지 못하게 되었다.

"오빠~ 아직 하나도 젖지 않은 사람이 있다고! 여기여기!"

"좋았어!"

병사가 진심으로 기쁜 듯이 투석기를 이쪽으로 겨눴다. 나는 필사적으로 저항했다.

"아아앗. 마력의 빛이여, 벽이 되어———."

"앗, 제라르! 고브코의 가슴이 비쳐 보여!"

"어?!" "어?!"

나는 황급히 시선을 돌렸지만, 그곳에는 젖은 갑옷 가슴 보호대가 있을 뿐이었다. 가슴은, 비치는 가슴은 어디에———.

"하웁!"

직격한 물이 코로 들어갔다. 한마디로 아팠다. 그러나 그보다도.

"어디가 비친다는 건가요?!"

로잘리아는 양손으로 가리려 했지만, 비치는 곳은 보이지 않았다. 그보다, 가죽 갑옷은 물에 젖으면 비치는 건가?

"아직도 눈치 못 챘어? 당연히 거짓말이지. 제라르 너무 필사적———."

대량의 물이 쏟아져 숨이 막혔다. 이번에는 세 사람이 한꺼번에 맞았다.

"후하하하 도망치지 않아도 되는 거냐?"

웃는 병사를 보니 화가 났다.

"아……. 그보다, 저 녀석만 멀쩡한 건 불공평하지 않아? 제라르, 해치워 버려!"

힘을 조절해서 물을 뿌리는 것 정도는 괜찮겠지. 나는 다른 타깃을 찾기 시작한 병사를 향해 영창을 시작했는데…….

"――수류가 되어 적셔라!"

내 물이 닿음과 동시에, 다른 쪽에서도 병사의 머리를 향해 물이 발사됐다. 누군가가 마법을 쓴 모양이다.

"아하하, 꼴좋다! ……에췌."

"봄이라고는 해도 아직 쌀쌀하니까."

"빨리 몸을 말릴 수 있는 곳으로 가요. 감기 걸려요."

실전에 들어가기도 전에 감기에 걸려 버리면 바보가 된다. 우리는 얌전히 여관이 늘어선 구획으로 향했다.

◆ ◆ ◆

다음 날, 카르네발레 이틀째에는 어전시합이 개최된다.

아침부터 투기장에 모인 사람들은 선 채로 국왕 폐하의 이야기를 들었다. 폐하의 대각선 뒤쪽에 앉은 건 공주 전하일까? 공주 전하의 존안을 꼭 보고 싶었지만, 너무 먼 데다 앞쪽 남자들의 머리가 방해돼서 찔 보이지 않았디.

"──오랫동안 우리 아크레시아는 싸움과는 무관했다. 그러나 그것은 걱정거리가 전혀 없었다는 의미가 아니다. 지금까지 싸우지 않을 수 있었던 것은, 북쪽의 바르디아, 서쪽의 자리아레룸과의 균형이 유지되어서 그런 것에 불과하다. 그러나 자리아레룸의 젊은 왕은 범상치 않은 야심을 가졌다고 한다. 과인도 경험은 없지만, 여차할 때는 우리의 영토와 신민을 지키기 위해 싸워야만 한다. 이번 시합은 과인의 검과 방패가 될 근위병단과 마술사단의 기술과 충의를 보기 위함이기도 하다."

이건 내가 어린 시절부터 자주 들어 온 옛날이야기 같은 것이다. 폐하는 매년 비슷한 이야기만 반복하는데, 이유야 뭐 아무래도 상관없다.

매년 한 번 있는 어전시합은 카르네발레의 핵심적인 행사다. 만약 폐하가 개최할 생각이 없다고 한들 중지할 수는 없다. 서민과 귀족, 모두에게 그만큼 인기가 많은 오락이니까. 그 행사에 내가 한 역할을 담당하게 될 줄은 몰랐지만 말이다.

옆을 보니 로잘리아는 직립부동 자세로 열심히 듣고 있고, 스승짱은 눈을 감고는 미세하게 앞뒤로 몸을 흔들고 있었다. 이 사람 선 채로 자고 있잖아…….

주변에서도 빤히 쳐다보고 있는데 자다니, 굉장한 배짱이다.

주목을 받는 이유는 역시 외모겠지. 스승짱은 오랜만에 세일러복을 입었다. 아무래도 싸움에서는 첫인상이 중요하다는 모양이다. 임팩트 있는 복장으로 상대를 움츠러들게 하면 이긴 거나 다름없다나?

애초에 세일러복이라는 건 스승짱의 말로는 선택받은 사람만이 입을 수 있는 최강의 옷이라고 하니까, 즉 시납시네 정장 같은 셈이다. 확실히 저 늠름한 모습은 언제나 그렇지만, 뭐라 말할 수 없는 전투력을 느끼게 한다.

반대로 중년이나 노년의 남성이 자칫 세일러복을 입어 버리면, 머리가 이상해져서(시이코 왈, 사회적으로) 죽는다고 한다.

쓸데없는 생각을 하는 사이에 개회 의식도 끝났고, 중년의 근위대장이 룰을 설명하기 시작했다.

"──참가자가 의식을 잃거나 항복하면 퇴장하게 된다! 무술 부문에서는 그 시점에서, 마법 부문에서는 두 사람 모두 퇴장한 시점에서 승패가 정해진다! 금지하는 것은, 무술 부문에서는 마법의 사용, 마법 부문에서는 무기의 휴대 및 상대를 향한 직접 공격이다! 그리고 이곳은 어전이다! 시합의 품위를 현저하게 떨어뜨리거나 상대를 죽이는 일은 결코 있어서는 안 된다!! 이것을 행한 자는 즉시 실격이다!"

예전에는 이 투기장에서도 살육전이 벌어졌다고 하지만, 이미 역사 수업에서 배울 정도로 옛날 일이 되었다. 그렇지만 긴장을 풀면 다치니까 조심해야 한다.

그러는 사이 광장 벽에는 거대한 두 장의 종이가 붙었다. 아마 토너먼트 표겠지.

"이봐, 시이코. 일어나라. *끝났다*."

"후앗?! 안 잤거든?!"

"대진이 정해진 것 같아요. 가 봐요."

"제라르까지 무시했어……."

자신의 대진을 확인하기 위해, 혹은 지켜볼 시합장을 확인하기 위해, 모여있던 사람들이 우르르 이동하기 시작했다.

"마술 부문은 딱 열여섯 조인가. 무술 부문은 시드가 있고 스물여섯 명…… 오, 저기 우하단에 고브코 시드잖아!"

몰려있는 사람들 사이에서 황급히 살펴보니, 무술 부문 우하단에 있는 로잘리아 갈라티(이하생략)가 인원 관계상 운 좋게 1회전은 면제됐다.

"제라르와 시이코의 이름은 좌하단에 있군."

우리가 올라가는 길은, 각각 모퉁이가 네 개 있었다. 즉, 로잘리아도 우리도 우승하려면 네 번을 이겨야만 한다는 뜻이다.

하지만 우선은 1회전이다. 상대는…… 마릴레나 파체티. 다른 한 명은 아가타 브레스겐이라 적혀있는데 아마 왕성 마술사겠지.

"마릴레나인가…… 처음부터 운이 안 좋네요."

"그거 파올로의 여자친구였지? 그렇게 강해?"

마릴레나와는 작년 파올로와 함께 왕도에서 만났었다. 마법학교 시절의 실기 성적은 꽤 좋았던 기억이 난다.

"파올로를 제외하면 언제나 3등 이내에는 들었던 것 같은데……. 적어도 여자 중에서는 제일이었어요."

당연히 내가 이긴 적은 한 번도 없다.

"그래? 그럼 낙승이네."

?!

이분은 사람의 이야기를 듣기는 한 걸까?

"고브코도 들어 봐. 알겠어? 승부에서는 어쨌든 승리를 이미지화하는 게 중요해. 울면서 넙죽 절하는 상대 앞에서 상처 없이 서 있는 자신을 상상해 봐. 상대의 주장이나 공격은 전부 흘려내거나 무효화하고, 나는 일방적으로 두들겨 패서 이긴다. 그걸 이미지화하고 승부에 임하면, 처음부터 말투와 움직임이 전혀 달라져."

그런 건가? 내가 마법으로 왕성 마술사나 마릴레나에게 압승한다니……. 도저히 상상할 수 없다.

그래도 스승짱이 있다면 다르다. 순식간에 상대의 마법을 봉쇄해 버린 스승짱에게 필사적으로 붙어있는 거다 ……응. 그 정도라면 가능할지도 모른다.

로잘리아도 눈을 감고 상상한 모양이었다.

"지지 않는다, 실패하지 않는다, 그런 게 아니라 대승리에 대성공이야. 부정적인 것 말고, 좋은 결과만 이미지화할 것."

우리는 그런 대화를 나누면서 지하에 있는 대기실로 향했다.

"그럼 나중에 저기서 만나자. 로잘리아도 다치는 것만큼은 조심해."

"으, 음. 제라르도 조심해라."

무술 부문에 나가는 토질리이외는 대기실이 달라서, 여기서 일단 헤어졌⋯⋯어야 하는데.

"헤이, 제라르도 참!! 아까 말했던 걸 벌써 잊어버렸잖아. 알겠어? 고브코도 우리도, 맘 편히 먹고 상처 없이, 여유롭게, 웃으면서 완승, 오케이?"

나와 로잘리아의 팔을 잡은 스승짱은 그 말에 수긍하지 않는 한 떨어질 것 같지 않았다.

"제라르는 나랑 같이 나가니까 당연하겠지만, 고브코도 어린 시절부터 계~속 수행해 왔으니까 괜찮을 거야. 할 수 있어 할 수 있어. 무엇보다 (바보지만) 귀엽고 화려하니까, 분명 관객들도 다들 응원해 줄 거야. 관객들이 아군이 되어 준다는 점은 크고, 가슴도 크니까 그냥 팍팍 이겨 나가서 결국엔 우승할 수밖에 없다고. 우리끼리 시상대 독점, 제라르도 지폐로 가득 찬 욕조에서 승리 만발 인기 만발이야!!"

뭐가 뭔지 잘 모르겠지만, 스승짱의 이런 말을 들으니 정말로 우승할 것만 같다.

"그러게요. ──로잘리아가 있어서 마물 상대로 연습할 때도 안심하고 마법을 쓸 수 있었어. 내 마법이 능숙해진 것도, 절반은 로잘리아 덕분이야. 로잘리아라면 누굴 상대해도 분명 이길 수 있어. 우리도 시합이 없을 때는 응원하러 갈 테니까 힘내."

"그래. 나도 시간이 비면 응원하러 가지. 시시한 상대에게 지지⋯⋯ 이크. 너희라면 왕성 마술사가 상대여도 낙승일 거다. 다 쓸어 버리고 와!"

"예스!"

모길리아는 우리와 손뼉을 치고는 씩씩하게 걸어갔다.

병사의 안내를 받아 도착한 곳은, 어둡고 축축한 돌로 된 지하실이었다.

"저기, 그럼 작전 같은 건……."

"작전? 으~음. 그럼 일단 처음에는 상대의 마법을 떡하니 막아 봐. 사법이 통한다면 그 후에는 잽싸게 해치워 버리고."

그렇게 해도 되는 걸까? 수시로 옆방을 들여다보려고 하는 스승짱을 어떻게든 만류하자, 잠시 뒤에 다른 병사가 부르러 왔다. 슬슬 우리 차례가 온 모양이다.

"오! 뭐야 이거 엘리베이터?! 인력?!"

"무대에 상대와 저희가 동시에 나타나는 장치예요."

네모난 로프가 달린 판에 올라가서 잠시 기다리자, 머리 위에서 묵직한 소리가 났다. 들어오는 빛을 맞으며 고개를 들자, 그곳에는 네모나게 잘린 푸른 하늘이 보였다.

"13번, 14번, 15번, 16번 준비 완료!"

어딘가에서 신호하는 소리가 들리자, 도르래가 돌아가면서 바닥이 스으윽 올라갔다.

점점 지상이 다가온다. 언젠가 아버지와 봤던 화려한 무대에 설마 자신이, 게다가 이렇게나 빨리 서게 될 줄은 몰랐다.

하지만 분명 괜찮을 거냐. 너는 아버지의 아들이고, 굉장한 스승님도 옆에 계시니까.

◆

쿵, 하는 커다란 소리와 함께 나와 스승짱은 지상으로 나왔다. 둘러보니, 관객은 드물었다. 아직 1회전이니까 우리 같은 무명을 주목하지는 않는 거다.

대각선상에는 마릴레나와 묘령의 여성이 나란히 서 있었다. 저게 아가타라는 왕성 마술사겠지.

"양자, 앞으로!"

우리는 무대 중앙에서 거리를 두고 마주 봤다.

"어머, 1회전 상대는 정말로 제랄드였나요? 파올로가 말했던 건 사실이었네요. 그렇게나 약했으면서 용케 나올 생각이 ──."

"앗!! 어디서 봤다 했더니, 파올로한테 놀아나던 마리잖아. 그렇지? 제라르."

스승짱이 절묘한 타이밍에서 마릴레나의 말에 끼어들었다.

"어…… 그게. 분명 파올로가 자기는 여자 한 명에게 얽매이지 않는다고 언제나 말하긴 했죠."

"시작!!"

시합이 시작됐다. 나는 스승짱의 지시대로 마법을 막는 벽을 만드는 주문에 집중했다.

"뭐?! 무슨 소리 하는 거죠?! 당신의 어리석음은 정말로 구제

할 수가 없네요! 낙제생과 노예 주제에 분수를 깨달으시죠!"

"놀아나고 있다는 건 부정하지 않는구나. 좋아하는 남자 한 명 붙들어두지 못하다니, 여자의 매력이 부족한 마리는 참 불쌍해……."

"그럴 리가 없잖아요?! 제랄드가 멋대로 말을 지어낸 것뿐이에요!"

마릴레나가 조금 불쌍해진 순간, 새된 목소리가 날아들었다.

"마리! 진정하렴. 벌써 시작됐어!!"

얼마 남지 않았는데. 뭐, 어차피 마릴레나의 마법의 절반은 쓸모가 없어졌을 거다.

"알고 있어요! ——고귀한 마릴레나가 명합니다! 상급 폭풍!!" 우라가노 · 수프레마

"어? *우라가의 뭐? 페리?"

그러고 보니 마릴레나의 영창은 저런 식이었다. 그러나 마법이 일으킨 산들바람은 미리 영창해 만든 마장벽 덕분에 스승짱의 세일러복을 흔들 수조차 없었다.

"개국해 주세요~. 개국해 달라고요~!"

스승짱이 이상한 소리를 하자, 마릴레나는 안색을 바꿨다.

"어째서 통하지 않는 건가요?!"

"바보, 집중하지 않아서 그렇지! ——나의 뜻을 거스르는 장벽이여 사라져라!"

아가타 씨가 영창하자, 순식간에 내 벽이 사라지고 말았다. 여성이라고는 해도 역시 왕성 마술사다.

---

* 일본을 개항시킨 미국 페리 제독이 처음 입항한 곳이 도쿄의 우라가(浦賀).

임관해서 근위병단이나 왕성 마술사단에 들어가는 여성은 드물지만, 없는 건 아니다.

그러나 학교에 다니는 여자들 대부분은 졸업하면 그대로 시집을 가거나, 집으로 돌아가 시집갈 곳이 정해질 때까지 기다리는 경우가 많다. 그런 상황에서 남자들 사이에 끼어 임관하는 사람은 무척이나 재능이 뛰어나든가, 아니면——.

"그 피곤한 여사원 같은 언니가 마리의 스승이야? 아~ 틀렸어 틀렸어. 소재는 좋은데 빈틈이 너무 없어서 색기가 안 풍기잖아. ——뭐라고 할까, 심각한 수준으로 결혼하긴 틀렸네."

——결혼할 가망이 별로 없거나, 둘 중 하나다.

"이 망할 꼬마가……!!"

얼굴은 단정하건만, 꽉 묶은 머리카락 아래에 있는 촌스러운 안경 속 눈을 치켜뜬 아가타 씨는 역시 스승짱은 고사하고 마릴레나와 비교하더라도 무척 유감스러운 느낌이 났다. 분명 외모에 별로 신경을 쓰지 않는 타입이겠지.

"기다리세요! 나는 마법을 배웠을 뿐이에요! 이 사람이 평생 독신이더라도 나하고는 상관없다고요!"

"잠깐…… 마리. 너, 그런 생각을——."

나는 빈틈투성이인 두 사람은 아랑곳하지 않고 다시 벽을 친 뒤에 공격에 나섰다. 마릴레나와 아가타 씨를 무대 밖으로 내보내면 이긴다.

내 영창에 반응한 두 사람이 정신을 차렸다. 그러나 이미 늦었다.

"──나의 스승을 적대하는 자를 덮쳐라!"

"칫! 내 끔의 방패──와!"

두 사람은 넘어지듯이 날아가 버렸다.

그러나 마법으로 충격을 조금 경감했는지, 밖으로 밀려나지는 않았다.

"마리, 여기서 항복한다면 지금만 특별히 '바람기 많은 남자 친구가 한눈팔지 못하게 하는 세 가지 방법'을 알려줄게?"

"어…… 정말인가요?"

"진짜진짜. 나도 옛날에는 마리처럼 아무것도 몰랐거든."

스승짱이 웃으며 다가갔다.

"여기서 이겨 봤자 언젠가는 파올로와 붙을 테니까…… 어차피 질 바에……."

"마리! 들으면 안 돼!! ──뭔가 수상쩍은 술법을 쓰는 것 같지만, 나는 속지 않아!!"

스승짱은 시선만 아가타 씨에게 돌렸다.

"그렇겠죠? 역시 독신 생활이 긴 사람은 속거나 흔들리지 않네요. 우훗."

그 순간. 시퍼런 핏대를 세우며 눈을 부릅뜬 아가타 씨가 엄청나게 빠르게 영창을 시작했다.

"──빛의 활을 든 정령왕이여, 무자비한 비를 퍼부어라!!"

빛의 화살을 날리는 마법 중에 최상급, 그 마법의 기본 영창이었을 텐데, 아무것도 쏟아지지 않았다.

"어……. 내가 실수를 했다고?!"

아가타 씨는 다른 마법도 필사적으로 영창했지만, 결과는 같았다.

나는 귀 옆에 양손을 펼치고 놀리듯이 혀를 내민 스승짱에게서 시선을 돌리면서 물대포 마법을 사용해 마릴레나와 아가타 씨 두 사람을 한꺼번에 무대 밖으로 밀어냈다.

"——승부 결정! 제랄드와 시이코의 승리!"

흠뻑 젖은 채 멍해진 두 사람을 내버려 둔 채, 심판을 맡은 병사가 우리의 승리를 선언했다.

"이예~이, 낙승!"

스승짱과 양손을 맞대자, 정신을 차린 마릴레나가 비명 같은 소리를 터뜨렸다.

"큭…… 잠깐 당신, 나는 제대로 항복했으니까, 바람피우지 않게 하는 방법을 가르쳐 줘요!! 나는 파올로와 결혼해서 귀족이 될 거라고요!"

항복했던가……? 그런 생각을 할 새도 없었다.

"아~ '바람기 많은 남자친구가 한눈팔지 못하게 하는 세 가지 방법?' 유카가 보여준 네○버 게시판에 있던 제목이 바보 같아서 왠지 머릿속에 남았을 뿐이야. 하지만 난 남자친구 같은 건 없었으니까~ 울컥☆하면서 무시해 버렸지만. 와하하하."

이렇게 되니 마릴레나가 좀 안타까워졌다.

"날 속인 건가요!! 이 야만족! 노예! 추녀!"

마릴레나가 한탄하며 보복을 위해 마법을 쓰려 했지만 실패했고, 그저 멍하니 있던 아가타 씨와 함께 병사에게 끌려 간다.

◆

"다음 시합은 열 시부터입니다. 그때까지는 자유롭게 보내세요."

병사의 안내를 듣고 대회장을 나가자, 옆쪽 대회장에서 환성이 터져 나왔다. 마침 무술 부문의 2회전이 시작된 모양이었다.

"고브코의 시합을 보러 가고 싶지만, 시간적으로는 좀 무리 같네~."

투기장의 커다란 종 시계는 이미 열 시에 가깝다. 우리는 분명 마지막에 가까운 시합이었겠지.

토너먼트표에는 1회전 결과가 추가되어 있었다. 제일 위쪽에 있는 파올로는 역시나 당연하다는 듯이 이겼다. 이 순서대로 나아가면 우리가 맞붙는 건 결승이 된다.

10년에 한 번 나오는 천재, 파올로 알도 비스콘티의 이름은 왕성 마술사 사이에서도 나름대로 잘 알려진 모양이다. 그러니 함께하는 알폰소라는 왕성 마술사도 분명 실력자일 거다. 입 밖으로는 내지 않았지만, 마릴레나처럼 되지는 않겠지…….

"흐음~, 다음 상대도 여자아이구나. 안나 마일이라니. 제라르 알고 있어?"

안나의 이름을 듣고 나는 식은땀을 흘렸다.

"안나……. 기억하시나요? 사티노에서 『헌팅』했던 그 아이예요."

스승짱이 손을 탁 두드렸다.

"그래도, 마리가 여자 중에서는 제일 강했다면서?"

"확실히 제가 있을 때는 그랬었지만……."

하지만 안나는 2회전에 진출하기도 했고, 학교의 연습전에선 안나에게 이긴 적이 없었다.

"그럼 잠깐 생각난 걸 시험해 볼까. 분위기 타서 대충 써도 사법이 발동하는지 연습한다는 느낌으로? 연습은 실전처럼, 실전은 연습처럼 해야 한다고 하잖아."

잘은 모르겠지만, 그거랑은 분명 의미가 다를 것 같아요.

◆

"어, 뭐야. 제랄드라는 게 그 제라르였어? 마릴레나한테 이겨서 다른 사람인 줄 알았는데."

1회전보다는 관객이 늘어난 무대 위. 안나가 얼굴을 마주하자마자 말했다.

"아아, 그 분수도 모르고 안나를 꼬드겼다는……."

소곤소곤 중얼거리며 이쪽을 곁눈질하는 남자는 정말로 기분 나쁜 느낌이었다. 저런 껄렁껄렁한 남자를 존경스러운 왕성 마술사라고 인정하고 싶지 않다.

"저 녀석과 함께하고 있는 건 누구지? 뭔가 이상한 차림을 한 야만속 같은데, 어이, 그렇지만 꽤 귀여운 거 같긴 해."

"정말이지~! 라파엘로도 참, 어딜 보는 거야~?"

안나는 볼을 부풀리면서 남자를 붙잡고는 팔을 잡아당겼다.

"와왓, 미안미안! 물론 안나가 세상에서 제일 귀엽지!! 야만족치고는 귀엽다는 뜻이야."

"어쩔 수 없지. 이번만 용서해 줄게! 그래도 이제 한눈팔면 안 된다?"

"그야 당연하지? 처음 만났을 때부터 내 시선은 줄곧 안나에게 못 박혀 있으니까 말이야."

"정말이지~, 다들 보고 있는데 무슨 소리 하는 거야. 라파엘로 바보."

저게 버러지라도 보는 눈으로 내게 '죽지 그래?' 라고 말했던 안나라고 생각하니…….

이런 대화를 들어 본 적이 없는지, 스승짱은 눈을 감은 채 침묵을 관철했다.

"시작!"

기분 탓인지 씁쓸해 보이는 표정을 한 병사의 목소리가 들리자, 마침내 스승짱도 눈을 떴다.

"좋아. 아○히 신문으로 가자!"

그런 작전명 같은 소리를 하는 스승짱에게서는 당연히 아무것도 듣지 못했다. 그러나 평소와 같은 모습에 왠지 웃음이 나왔다.

"마력에게☆부탁해♪ 러브한 두 사람을 지켜 줘☆아무~르♪"

안나는 마장벽을 쳤다. 동시에 영창하기 시작한 나보다 빠르다. 리듬감이 있는, 노래 같은 독특한 영창 덕분인지 마릴레나 이상으로 빠른 듯했다.

"나의 내면에서 우러나는 목소리, 하늘의 분노가 되어……."

공격은 라파엘로가 하는 모양이다. 역시 왕성 마술사라고 해야 할까. 막대한 마력이 모여서——.

"그러나 잠깐 기다려 줬으면 한다."

그렇게 생각할 새도 없이, 스승짱의 덤덤한 목소리가 가로막았다.

"내면에서 우러나는 목소리라고 했는데, 정말로 내면의 목소리가 맞을까? 그냥 입 밖으로 내고 있지 않나? 이러한 모순은 중소기업 사이에서 파문을 일으킬 것이다."

"?!"

영문 모를 단어가 있긴 하지만, 전반과 후반의 맥락이 전혀 없다는 건 알 수 있다. 라파엘로는 의아한 표정을 지었지만, 바로 마음을 다잡고 영창을 재개했다.

"——분노하는 하늘의 신이여, 나의 부름에 응하여……."

"그러나 잠깐 기다려 줬으면 한다. 왜 하늘의 신이 범용(凡庸)한 마술사 따위의 목소리에 응해 준다는 착각을 하는 것일까. 이러한 오만함이 부르는 건 국민의 분노뿐이다."

"~~! 아~, 돌풍이 되어 쓸어 버려라!"

©Koin

쾅, 하는 소리와 함께 강한 바람이 밀려왔다. 그러나 수행으로 내구력이 오른 나의 마장벽이라면 어떻게든 막을 수 있는 정도다.

마법이 통하지 않은 걸 확인한 라파엘로가 더욱 눈살을 찌푸렸다.

"라파엘로?! 괜찮아?"

"미안미안. 너무 힘 조절을 해서 그래. 나는 괜찮으니까, 상대의 벽 마법을 부탁해."

"그러나 너무 과한 걱정이 아닐까? 한 발뿐이라면 오발일지도 모른다. 애초에 그 정도의 실력밖에 없었을지도 모른다."

마치 하늘의 목소리를 사람이 대신 말하는 듯한 거만한 태도다.

"큭……."

"라파엘로! 저 녀석들 제대로 붙으면 못 이기니까 구질구질한 도발만 하는 거야. 저런 건 신경 쓰지 마! 우승해서 성으로 데려가 준다고 약속했잖아!"

"하지만 이런 목소리도 있다. 듣기 좋은 공약만 늘어놓는 인간을 믿어도 되는 걸까? 경기 회복 같은 건 꿈속의 꿈 아닐까?"

왠지 아군인 나조차도 울컥하게 되는 논점 틀기였다.

"닥쳐!! 이 암퇘…… 라파엘로, 신경 쓰지 말고 힘내!"

"괜찮아 괜찮아. 나는 전력을 다할 테니까, 안나는 우선 벽을——."

"우선은 마술사 A, B 주제에 허접한 촌극을 펼친 것에 사과하고, 반성해야 하지 않을까? 엑스트라는 빨리 퇴장해야 한다는 국민의 목소리에 겸허하게 귀를 기울여 줬으면 한다. ◀다음부터는 최선을 다하겠다는 말은 전형적인 패배 플래그라고 볼 수 있다. ▶"

라파엘로는 스승짱을 무시하기로 했는지, 시퍼런 핏대를 세운 얼굴로 다음 영창을 시작했다.

"천공을 달리는 눈부신 빛, 암운이 낳은 무정한 빛이여. 내 분노의 외침에 응하여 정숙의 허공을 찢을 광채가 되어……."

아마 번개의 대마법이다. 위력을 낮추기는 하겠지만 이건 좀 위험할지도 모른다. 나는 마장벽을 다시 쳤다.

"마력에게☆부탁해♪ 짜증 밥맛☆제라르의 더러운☆불꽃을 없애 줘!"

그러나 안나의 마력이 충분하지 않은지, 수행 덕분에 강해진 내 벽은 꿈쩍도 하지 않았다.

"……심판이여. 벼락이 되어 저 잔챙이들을 깨부숴라!!"

잠시 뒤.

푸쉭 하는 소리만이 작게 흘러나왔다.

"현 정권에게서는 그 잔챙이들을 부숴 주겠다는 자세가 조금도 전해지지 않는다."

"아아아아아아아!! 짜증 나아아아아아아아!!"

이미 라파엘로의 마력은 봉쇄한 모양이었다.

"——승부 결정! 승자, 제랄드와 시이코!"

돌풍의 마법으로 두 사람을 장외로 밀어내자, 병사가 판정을 내렸다. 마법을 쓸 수 있는 게 안나 한 명뿐이니 그다음부터는 식은 죽 먹기나 다름없었다.

"이야~, 이렇게나 범용성이 있다니. 역시 천하의 아ㅇ히 신문이네!"

그 단어가 무엇을 가리키는 건지는 모르겠지만, 분명 스승짱의 세계에서 패권을 쟁취한 위대하며 무시무시하고도 친근한 무언가겠지.

밀려나서 주저앉은 안나와 라파엘로는 아직도 두 사람만의 세계에 빠져있었다.

"어떻게 된 거야, 이 비실아! 네가 공격은 맡겨 두라고 해서 방어마법만 연습했단 말이야!!"

"시끄러워! 너도 도움이 안 됐잖아! 남 탓하지 말라고!! 애초에 너는 입이 너무 험하단 말이야! 평소에도……."

말다툼을 뒤로하면서 출구로 향했다. 스승짱은 서두르는 모양이었다.

"이긴 건 좋지만, 이걸로 두 사람의 관계가 틀어질지도 모른다고 생각하니 조금 거북하네요."

"그러나 너무 과한 걱정이 아닐까? 그런 것보다 빨리 고브코의 시합을 보러 가고 싶다는 목소리가 들려오고 있다."

아직도 하고 있어…….

◆

　게이트를 지나자마자, 우리는 떠들썩한 소란에 휩싸였다.

　3회전까지 진출한 로잘리아의 시합은 이제 막 시작된 참이었다. 교착상태가 되기 쉬운 마법 부문과 달리 무술 부문은 바로 승부가 나니까.

　"오, 하고 있네 하고 있어!"

　스승짱의 시선 너머에서는 목검을 들고 자기보다 두 배는 큰 남자와 맞부딪치는 로잘리아가 있었다. 남자가 큰 동작으로 휘두른 공격을 피하고 흘려낼 때마다 뒤로 묶은 아름다운 은발이 좌우로 휘날렸다.

　나는 걱정하는 것도 잊은 채, 넋을 잃고 말았다. 함께 싸울 때는 이런 걸 느낄 여유가 없었지만, 멀리서 차분하게 지켜보니 이렇게나 화려했었구나.

　그렇게 생각한 건 나만이 아닌지, 로잘리아에게 환성을 보내는 관객도 있었다.

　"우오오, 잘한다! 고블린 소녀 힘내라!!"

　"저 누님 범상치 않은데. 저렇게 움직일 수 있는 건 정예가 모인 근위병단에도 거의 없다고."

　하지만 역시 고블린이라서 그런지 비판하는 목소리도 나왔다.

　"밀어붙이는 쪽, 저거 고블린이잖아? 뭔가 비겁한 방법이라도 쓰는 거 아냐?"

　"잔재주를 부리는 걸로는 보이지 않지만…… 그래도 고블린이니까아."

나는 무심코 항의하려다 그대로 참았다. 그렇게 말한 사람에게도 악의가 있는 건 아니겠지.

항의해 봤자 그건 스승짱이 언제나 말하는, 아무도 이득을 보지 않는 일이다.

"그보다도 고브코의 가슴! 장난 아니네, 고브코의 가슴. 갑옷을 입었는데도 엄청 흔들리잖아 고브코의 가슴!!"

누군가가 몸을 내밀며 외쳤다. 이런 소리를 할 만큼 느긋한 사람도 있나 싶었는데 역시 나와 페어를 짠 사람이었습니다.

"고브코라, 그거 좋구만!"

다른 남자가 큰소리를 냈다. 아무래도 로잘리아의 긴 이름은 아무도 기억하지 못하는 모양이다.

고브코라는 호칭과 그래, 확실히 크네, 같은 만족스러운 감탄이 남자들을 중심으로 점차 퍼져서, 고·브·코! 고·브·코! 같은 합창으로까지 발전했다. ……혹시, 이걸 노린 건가?

합창은 이내 우렁찬 함성이 되었고, 터질 듯한 성원으로 변했다. 로잘리아가 한순간의 빈틈을 간파해 상대의 목검을 튕겨낸 것이다. 엉덩방아를 찧은 남자는 체념한 듯이 양손을 들었다.

"꺄아~! 해냈다 해냈어!!"

어느새 돌아온 스승짱이 내 양손을 잡고 순진하게 뛰었다.

◆

"수고했어."

"오오, 시이코. 제랄드 왔나."

음료수를 파는 포장마차에서 돌아오자, 로잘리아도 마침 출구에서 나오고 있었다.

"로잘리아, 축하해. 자, 이거 받아."

"고맙군."

젖은 손수건과 과즙을 넣은 음료를 주자, 갑옷을 벗은 로잘리아가 땀을 닦으며 단숨에 음료를 들이켰다.

부상이나 체력은 대기하는 마술사가 시합이 끝날 때마다 회복시켜주지만, 몸 상태는 스스로 가다듬어야 한다.

다음 시합은 오후부터라고 해서, 우리는 광장에서 휴식할 곳을 찾기로 했다.

"그럼 너희도 이겼겠지?"

"당연하지. 두 시합 모두 낙승, 낙승. 왕성 마술사도 별것 아니더라고."

"역시나. 뭐, 내 상대도 별것 아니었지만."

두 사람 다 이런 곳에서 너무 큰소리로 말하지 않았으면 좋겠다. 특히 로잘리아는 꽤 유명해져서, 아까부터 지나치거나 길 가는 사람들이 모두 빤히 쳐다보고 있다.

"오, 저기 봐 봐. 저 녀석들, 그거 아냐?"

또 로잘리아에게 하는 말인 줄 알았는데, 웬일로 사람들이

다른 곳을 보고 있었다. 시선을 따라가자, 그곳에는———.

"오~오, 제라아아아아르잖아! 변함없이 후줄근한 낯짝이 구만!!"

우와……. 잊을 수도 없는 갈회색 머리, 파올로 알도 비스콘티가 그곳에 있었다. 결승까지는 마주치지 않을 줄 알았는데 바로 만나게 됐다.

그리고 파올로 뒤에 있는 키가 큰 왕성 마술사 같은 남자. 분명히 알폰소라고 했는데, 베테랑의 품격이 감도는 중년 남자였지만 어전시합에 나오기에는 너무 나이를 먹은 것 같았다.

젊은이가 아닌, 그것도 관직에 올랐을 정도면 왕성 마술사는 보통 출전을 삼간다. 물론 명확하게 금지된 건 아니지만…….

"그래그래, 거기 여자아이! 역시 야만족이 아니었어. 야만족치고는 너무 귀엽다 했다니까. 하지만, 설마 전설이 사실이었을 줄이야. 사법사라니, 아무리 나라도 그건 생각 못했다고."

"뭐……."

———어째서 알고 있는 거지?

나는 그렇게 말하려다가 멈췄다. 사법사에 관한 건 그냥 시치미를 떼는 게 좋을지도 모른다. 그렇게 생각하며 스승짱을 엿보자, 웬일로 수상쩍은 듯이 눈을 가늘게 뜨고 있었다. 험악한 눈초리는 파올로 일행을 향하고 있다.

"하지만, 너의 수법은 이미 간파했어. 우리를 상대로도 똑같이 할 수 있으리라고——."

"그만둬라."

낮은 목소리로 파올로를 타이른 것은, 함께 있던 마술사였다.

"너는 롤란드의 아들인 제랄드겠지? 내 이름은 알폰소 벤베누티. 롤란드…… 너의 아버지는 무척 우수해서 나도 지도하는 보람이 있었는데 말이지. 너무 성실해서 그랬는지, 그런 결과가 되고 말아서 몹시 유감이었다."

아버지……. 이 사람은 아버지의 상사였나.

아버지는 일 이야기는 거의 하지 않아서 왕성 마술사단에서 누구와 사이가 좋다거나 하는 이야기는 하지 않았다. 그래도 뭐, 상사도 있고 부하도 있었겠지. 아버지를 아는 사람이 있는 건 딱히 이상한 일은 아니다.

"그럼 짧은 만남이었지만 우리는 이만. 너희와의 시합을 기대하고 있겠다."

"아……. 네, 네에."

알폰소 씨가 떠나자, 파올로도 고개를 움츠리면서 따라갔다.

"우승 후보와 함께 있던 저 시원찮은 꼬마들은 어디 사는 누구야?"

"대항마가 있었던 건가. 아~ 전혀 반석이 아니었잖아!! 배당도 낮은데 올인하지 말 걸 그랬어."

"사법사라니 그 동화 속 이야기 말이야? 듣고 보니 저 새까만 머리의 여자아이는 왠지……."

갑자기 주변 관객들이 소란을 피우기 시작했다.

"이, 일단 우리도 어딘가 눈에 띄지 않는 곳에서 쉴까요?"

그 시선에서 도망치기 위해, 우리는 종종걸음으로 인적이 없는 건물 뒤로 향했다.

그나저나 아버지의 상사였던 왕성 마술사가 당연하다는 듯이 말했는데, 우리가 준결승까지 가리라고 생각한 건가.

"그나저나 스승은 예의가 바르던데, 그 남자는 변함이 없더군……. 응? 시이코, 왜 그러는 거냐? 웬일로 진지한 표정을 짓다니."

로잘리아가 묻자, 스승짱은 굳은 표정을 풀었다.

"응? 아, 나도 참, 얼굴에 드러나 버렸어? 뭐, 그리 대단한 건 아니야. 아까 그 사람들이 좀 신경 쓰여서. 별 볼 일 없는 양아치인 줄 알았는데, 실은 질 나쁜 야쿠자일지도 모른다고 생각했을 뿐이야. 하지만 그렇다 치더라도 제라르는 걱정할 것 없어."

스승짱은 파올로 일행이 떠나간 방향을 응시했다.

"단지…… 내 예감이 맞다면, 시합 초반에는 파올로한테 손을 쓸 수 없을지도 몰라."

확실히, 파올로는 껄렁껄렁해서 가볍고, 언제나 장난스러운 태도라서 얕보이는 일도 많다. 그러나 천재를 얕본 상대는 반드시 후회하게 된다.

게다가 그 아버지의 상사라는 마술사. 같은 왕성 마술사도 아가타 씨나 라파엘로와는 풍기는 분위기가 달랐다. 분명

역량도 비교할 수 없겠지. 나조차도 그걸 알 수 있으니까, 스승짱이라면 더더욱 그럴 거다.

──하지만.

"괜찮아요. 그 사람이라면 모를까, 결국 파올로는 저와 같은 반푼이잖아요. 스승짱의 단련을 받은 저라면, 한동안 버티는 것 정도는 여유로울 거예요."

어느새 마음에도 없는 말이 나왔다.

입 밖으로 계속 말하다 보면 현실도 달라진다. 긍정적인 말을 하다 보면 정말로 기분이 가벼워진다. 문제를 피할 수 없다면, 가능한 한 좋은 정신 상태로 직면하는 편이 낫다. 모두스승짱에게 배운 것이다.

"오? 좋은 말 했네, 제라르. 믿고 있을게."

스승짱의 웃음이 돌아왔다. 결국 나는 이걸 보고 싶었을 뿐일지도 모른다.

"바로 그거야! 성실하게 수행하던 제라르가 그런 남자에게 밀릴 리가 없어. 애, 애초에, ……그게, 제라르의……가…… 라고…… 난……."

로잘리아는 힘차게 말을 시작했지만, 어째서인지 점점 쪼그라들었다.

"자, 거기. 중요한 건 좀 더 큰소리로! 외모가, 부터 제라르한테 안 들렸잖아! 제라르도. 자, 고브코의 손을 잡아!"

……? 나는 영문도 모른 채 로잘리아의 양손을 잡았다.

"?!"

일단 나도 로잘리아를 격려하려 했다.

"아까 시합, 정말로 근사했어. 좀 더 목소리를 내서 응원했다면 좋았을 텐데, 보면서 로잘리아에게 넋을 잃었거든. 그런 강하고 멋있는 여자아이가 내 동료라고 생각하니까 굉장히 자랑스러웠어. 다음에도 분명 이길 수 있을 거야!"

내 솔직한 마음을 말로 잘 전했다고 생각했는데, 마지막에 로잘리아의 표정이 흐려졌다. 어라?

"으음, 30점. 이래서 제라오는……. 유쾌한 동료인 고브코는 좀 더 힘냅시다."

"시끄러워!"

스승짱이 매긴 점수도 낮다. 뭐, 잘 이해가 안가는 평가 기준은 평소와 같았다.

떠들어 댄 탓에 들킨 건지 누군가의 발소리가 가까워졌다. 또 로잘리아의 팬인가, 아니면 아까의…… 그렇게 생각한 순간.

"이쯤일까…… 앗."

마주친 상대는 각각 내 또래 정도의 소년과 선이 가는 남자였다. 그보다.

"크리스토프?"

안경 쓴 소년은 낯이 익었다. 마법학교에서 같은 반이었던 크리스토프다. 그렇다면 뒤쪽 남자는 왕성 마술사인가.

"제라르……."

"오랜만인데. 크리스토프도 나왔었구나?"

파올로가 천재라면, 크리스토프는 수재였다. 노력가이자

이론은 흠잡을 데 없는 최상위, 그러나 아무리 노력해도 마 ̶법̶ ̶실̶력̶은̶ ̶별̶로̶여̶서̶ ̶나̶도̶ 마법이 허접한 만큼, 이론 공부는 노력했었으니까 크리스토프와는 그럭저럭 마음이 잘 맞았다.

"으, 응……. 그보다도 제라르, 너 대체 어떻게 된 거야?!"

어째서인지 크리스토프가 나를 보며 겁을 먹었다.

"어떻게 됐냐니, 무슨 소리야?"

"무슨 소리긴, 나랑 엔리코 선생님은 시간이 비어서 다음 상대인 네 시합을 봤어. 어느새 그렇게 마법이 능숙해진 거야? 게다가 안나도 왕성 마술사도 마법을 제대로 쓰지 못하던데, 네가 뭔가 한 거야?"

아……. 우리의 준결승 상대는 크리스토프였나.

하지만 사법사에 대한 걸 크리스토프에게 가르쳐 줘도 될까? 눈빛으로 묻자, 의외로 스승짱은 태연하게 끄덕였다. 그보다, 변변찮은 생각이라도 떠오른 듯이 미소를 짓고 있었다.

"이미 시합을 본 사람은 대부분 알아챘을 거고, 아까도 대중의 면전에서 선전했으니까 숨길 도리가 없네. ——응, 지금부터는 내가 이야기하지."

스승짱은 어흠, 하고 헛기침을 하며 끼어들었다.

"크리스토프라고 했던가? 그리고 거기 엔리코 씨. 말할 것도 없겠지만, 위대한 사법사의 전설은 알고 있겠지?"

"예. 저야 당연히 알지만……."

"네, 네. 물론 저도 알아요. ——설마?!"

지금 긴장감의 극치에 달한 두 사람에게 스승짱이 가슴을 펴고 말했다.

"바로 그거지~!! 모두는 해피, 나는 부자! 제라르와 함께 시합에 나온 나야말로!! 전설의 대사법사인 겁니다~."

스승짱이 이상한 포즈를 취하자, 크리스토프 일행은 부르르 떨면서 거품이라도 뿜을 것만 같았다. 나와 로잘리아는 무심코 얼굴을 마주 봤다.

"처음부터 임금님을 만나서 발표했어도 됐겠지만, 기왕이면 충격의 데뷔를 장식하고 싶어서 말이야. 제라르에게 물어봤더니 이런 빅 이벤트가 있다고 하잖아? 그래서 여기서 가볍게 우승하고 대대적으로 공개하려고 한 거지."

그런 건 전부 거짓말인데…….

"다, 당신이 정말로 진짜 사법사── 아니, 사법사님이라는 겁니까? 그 전설의?"

"설마, 사법사 같은 건 그냥 동화 속 이야기인 게…….."

"당신들, 시합 봤잖아? 말해두는데, 그건 전혀 전력이 아니었거든. 전력을 냈으면 더 일방적인 승부가 됐을 거고, 마법도 평생 쓰지 못하게 될 텐데 아무리 그래도 그건 좀 불쌍하잖아."

""펴, 평생?!""

물론 사법의 효과는 조금 지나면 사라지고, 다음 날 아침이면 개운해져서 부작용도 없습니다.

"시, 신에게 맹세코 저는 믿겠습니다! 당신은 아름답기만

한 게 아니라 우리와 같은 범용한 자들과는 뿜어져 나오는 분위기부터 다르시 않습니끼!"

"그래? 고마워, 엔리코."

"저, 저도 의심해서 죄송합니다! 하지만 너무……."

"괜찮아, 크리스토프. 당황하는 건 네가 성실해서라는 걸 나는 잘 알아."

스승짱이 성모와 같은 미소를 짓자, 힘이 빠진 두 사람은 바닥에 무릎을 꿇고, 정말로 엎드린 자세를 하고 말았다.

"두 사람은 가능하면 적이 아니라 아군으로 만나고 싶었어. 나는 우승한 뒤에 아마 임금님의 곁에서 사법사로 일하게 될 테니까, 장래에 너희들과 같이 일할지도 몰라."

그 이전에, 이 사람이 설마 폐하라고 해도 누군가의 밑에서 일하는 건 있을 수 없는 것 같은데……

"뭐, 이것도 이 시합이 없었다면 말이지만. 다음에 맞부딪친다고 했던가. 모처럼 이렇게 알게 됐는데 서로 상처를 입혀야 한다니. 운명이란 잔혹하네……."

스승짱이 슬픈 듯 먼 곳을 바라보자, 일어선 크리스토프가 달라붙었다.

"자, 잠깐만 기다려주세요! 저희는 그냥 기권할게요! 괜찮 겠죠, 선생님?!"

"무, 물론이죠! 애초에 전설의 사법사님에게 저희 따위가 당해 낼 리가 없고, 마법을 쓰지 못하게 되는 것도……."

크리스토프와 엔리코 씨가 초조해했다. 그노 그렇겠지. 전설 속 존재가 용서하지 않겠다고 선언한 거니까.

"자자, 두 사람 다 진정해. 너희의 마음은 기쁘지만, 기권한다면 이유가 필요하잖아. 부전승이 된 뒤에 아프지도 않은 배를 확인하려 하면 귀찮으니까. 거기까지 하지 않아도, 어떻게든 빠져나갈 틈이 있지 않을까? 응?"

스승짱은 의미심장한 시선을 보냈다. 혹시.

"스승짱, 설마 부정을 저지르려는 게……"

"잠깐잠깐! 남 듣기 안 좋은 소리는 하지 마. 크리스토프 팀의 안전을 보장하면서, 손님을 위해 약간의 연출을 해서 분위기를 띄우려는 거야."

"──그, 그럼 우리는 어떻게 해야……?"

엔리코 씨가 목소리를 줄였다.

"으~음, 그럼 마주할 때는 강하게 부딪치고, 이후에는 흐름에 맡기는 걸로 부탁합니다."

역시 짜고 치는 시합이잖아요!!

◆

"이계에서 넘어온 사법사가 명한다! 시부야 마루큐 한정 쇼핑백&최대 50퍼센트 세일!!"

"설마, 마력이 평소의 절반 이하라니?!"

"진정한 히로인은 귀여움에 안주하지 않아! 10대부터 안티에이징 스킨케어!!"

"끄아아악! 너무 아름다워서 눈이 뭉개져 버리겠어!!"

"떡써랴! 참다랑어 다섯 마리 분량의 도코사헥사엔산!!"

"머리가! 뇌가 터질 것 같아!!"

스승짱이 춤추면서 이해할 수 없는 이상한 주문(?)을 영창하자, 크리스토프는 바닥을 뒹굴었고 엔리코 씨는 무릎을 꿇으며 머리를 부여잡았다.

"선생님! 뭔가 이상해요! 마력이, 마력이!!"

"시, 심판! 시합을 그만둬 주세요! 상대는 신의 길에서 벗어난 사악한 외법(外法)사입니다!!"

크리스토프가 이렇게나 연기파였다니. 엔리코 씨도 상당한 연기력이다.

"중2(?)스러운 대사도 해 보니까 의외로 즐겁네!"

나는 뭘 했냐면, 차마 뭔가를 하기도 꺼려져서 신바람을 내는 스승짱에게서 눈을 돌렸다. 아아, 아버지. 저는 어전시합을 모독하고 말았어요…….

『──제랄드── 상대를 위해 한 거짓말이라면, 그건 배려가 된단다──.』

그래도 아버지, 저는…….

『──제랄드── 그래도나 하지만은 금지란다☆── 이미 저지른 일이니, 뭐 어쩔 수 없지 않을까? 아버지는 그렇게 생각한단다──.』

"가벼워!! 아니, 뭐 하시는 건가요!"

내 귓가에 속삭인 건 역시 스승짱이었나.

"그치만 네가 시합 중에 멍하니 있는걸. 자, 슬슬 끝내자!"

"네, 넷!"

그랬었다.

나는 크리스토프 일행이 다치지 않도록 주의하면서 물대포 마법을 사용했다.

"심판! 이런 불합리함이 허락되어선—— 커헉, 커버버법!!"

"안 된다, 안 된다! 금지 행위 이외는—— 우왓, 이봐. 이거 놔라푸부부붑."

구석까지 도망친 두 사람은 무대 옆 심판을 길동무 삼아 떨어졌다. 아아, 말려들게 해서 미안해요.

"스, 승부 결정, 승부 결정!!"

황급히 반대쪽 심판이 목소리를 높였다. 항의를 이어가는 엔리코 씨와 멍하니 하늘을 올려다보던 크리스토프는 이윽고 모두 퇴장했다.

지금까지보다 더욱 압도적인 결과였기에, 관중들의 소란이 끊이지 않았다. 지금 시합, 짜고 친 거라는 게 들키지 않았을까…….

"힘 조절을 부탁한 덕분에 원만하게 끝나서 다행이네~."

그걸 부탁이라고 해도 되는 걸까. 오히려 협박, "그리고 보니 전혀 상관없는 건데, 제일 효과적인 협박은 '약한 협박'이라는 거 알고 있어? 엄마가 자식한테 '당근 안 먹으면 간식은 없을 줄 알아'라고 말하는 것하고, '그렇게 당근 안 먹다간 조만간 병에 걸려서 밖에서 놀 수 없게 될 거야'라고 말하는 거, 어느 쪽 말을 더 잘 들을 것 같아?"

"병에 걸린다, 쪽인가요?"

"맞아. 강한 협박은 절박한 위협이 아니라면 상대가 반발할 뿐이야. 그러나 병에 걸린다고 위협하면, 상대는 무한히 안 좋은 방향으로 상상해서 무서워하게 돼."

확실히, 화를 내면서 간식은 안 주겠다고 말하면 아이도 울컥할 거다.

"하지만 그렇게 생각하면, 절박한 위협을 느끼게 만들면서 장래의 불안감도 부추기는 게 제일 좋은 협박일지도 몰라. 시합에서 너덜너덜해지고 마법도 영구히 쓸 수 없게 되면 어쩌지…… 이런 식으로~."

나는 당신이 제일 무서워요…….

크리스토프 일행에게는 나중에 사과하기로 하고, 일단 승리하게 된 우리는 다시 지하 대기실로 돌아왔다.

우리를 포함하면 남은 건 네 쌍뿐이었기에, 다음 결승전까지는 시간이 거의 없다.

긴 통로를 걸어서 지상으로 나온 우리를 맞이한 것은, 지금까지와는 비교도 되지 않는 큰 환성이었다.

"우왓, 관객이 꽉 찼어!!"

역시 결승이 되면 관객의 숫자도 격이 달랐다. 알고는 있었지만, 그래도 끊임없이 들리는 환성이 굉장하다.

그 이유는 주변을 돌아보면 바로 알 수 있었다.

관객들보다 한 단 위에 설치된 특별한 관람석. 한정된 사람만이 앉을 수 있는 왕족석에서는 폐하가 관람하고 계셨다. 게다가 그 옆에는 공주 전하까지 계신다.

"공주님 귀엽네! 인형 같아, 예쁘다~."

공주 전하는 폐하와 함께 우승자를 축복하기로 되어있다. 평소엔 왕성에서 나오시지 않아서, 나도 이렇게 가까이서 본 적은 처음이었다.

처음 보는 공주 전하는 평판대로 귀엽고, 정말로 예뻤다. 응. ……아니, 확실히 예쁘긴 하지만.

"어~이, 제라르. 이번이 마지막이라고 너무 공주님을 쳐다보고 있잖아. 지금 그렇게까지 안 해도, 공주님은 이후에 네가 비참하게 굴러다니는 모습을 보며 웃어 줄 거라고. 그때라도 다시 봐 두든가. 알겠냐?"

치주히줌 우으면서 나를 향해 외친 건 파올로였다. 화가 났지만, 지금은 시합에 집중할 때다.

"양자, 앞으로!!"

심판 병사가 목소리를 높였다. 중앙으로 나아갈 때마다 두근두근 울리는 가슴의 소리가 커졌다.

여기서 이기면 우승이다. 하지만 정말 내가 이길 수 있을까? 10년에 한 번 나오는 천재, 20번 가까이 연습전을 했지만 운으로도 이기지 못했던 파올로에게, 내가.

"제라르, 긴장했어?"

다리와 함께 나가던 내 손을 매만진 건, 조금 차가운 스승짱의 손이었다.

"그게……."

"안심해. 긴장은 해도 돼. 적절한 긴장감은 플러스가 되니까, 조금은 긴장하는 게 딱 좋아. ──방심하면 안 되니까 말하지 않았는데, 제라르는 분명 이길 거야. 왜냐하면 애초에 이 시대에서 유일하게, 그것도 나를 소환했잖아? 그 시점에서 제라르는 확실한 가능성을 가지고 있으니까. 나머지는 연습한 대로만 하면 돼. 실패하더라도 내가 꼭 어떻게든 해 줄게."

내 손을 잡은 스승짱이 미소 지었다. 그렇다. 이기느니 지느니, 나는 왜 이렇게 기고만장했던 걸까. 이분을 무사히 원래 세계로 돌려보낸다. 그 목적을 위해서 모든 마력을 사용한다. 내가 할 수 있는 건 그것뿐이다. 그럴 수만 있다면, 내 최고의 스승은 상대가 누구든 간단히 움직임을 봉쇄해 줄 것이 틀림없다.

중앙에 도착한 나는 천천히 발을 멈췄다.

"네, 저는 괜찮――."

"네 아버지가 죽은 진짜 이유를 알고 있다."

끼어든 것은, 낮은 목소리였다.

맞은편에 있는 중년 왕성 마술사의 눈에는, 정체 모를 빛이 깃들어 있었다.

등에 오한이 스쳤다. 아버지가 돌아가신 진짜 이유……? 왜 지금 그런 말을? 취해서 강에 떨어진 게 아니었나? 애초에 진짜 이유가 따로 있다고 하더라도, 왜 이 사람이 그걸 알고 있지?

옆에서 혀를 차는 소리가 들렸다. 바라보니, 스승짱이 지금까지 본 적 없는 험악한 시선을 상대에게 보냈다. 약간 고동이 빨라졌다.

"저기…… 그건 대체 무슨."

"하지만 뭐, 놀랐다. 롤란드가 사법사에 관한 마도서를 숨겨 뒀다는 건 알고 있었지만, 설마 아들에게 소환을 맡길 줄이야. 돈으로 사고팔 수 있는 게 아니라는 둥 그럴싸한 말을 늘어놨지만, 실제로는 아들의 소양을 간파하고 있어서 넘겨주기가 아까웠던 건가. 지금은 회수를 뒤로 미뤘던 것이 후회되는군."

무슨, 소리를 하는 거지?

"아저씨, 중얼중얼 떠들지 말고 바로 시작하자고."

파올로가 뭐라고 끼어들었지만, 내 귀에는 들어오시 낂있더.

취한 채로 나가서 돌아오지 않았던 아버지. 그 아버지는 사법사를 소환하기 위한 마도서를 비밀리에 가지고 있었다. 이 사람은 그걸 원했다……?

"…………!!"

눈 안쪽이 뜨거워졌다. 설마, 아니 하지만 그게 아니라면 왜 이 사람이 아버지가 마도서를 가지고 있다는 걸 알고 있지? 게다가 스승짱이 사법사라는 것도 처음부터 간파하고 있었다.

모종의 이유로, 아버지는 왕성 마술사단의 지위를 잃었다. 그리고 이 사람은 동료이자, 상사이기도 했다.

——애초에, 아버지는 왜 군이 밤에 외출한 걸까?

"역시 네가 제라르의 아버지를 죽인 거구나."

"롤란드가 죽은 날, 그와 만났던 건 사실이다. 이후에는 상상에 맡기지, 사법사."

숨쉬기가 괴롭다. 눈앞이 번쩍번쩍하다.

"아버지……. 아버지, 아버지는 정말로……."

"제라르, 제라르!!"

나를 흔든 건, 스승짱의 가녀리지만 힘 있는 양손이었다.

"스승짱. 저 녀석은, 정말로 아버지를……."

"제라르, 진정해. 일난 숫자. 입꼬리 양쪽은 올리며 뇌가 즐겁다고 착각해서, 이윽고 정말로 편해지니까."

──웃어? 웃으라니? 뭐가 웃겨서?

나는 처음으로 스승짱에게 진심으로 화가 났다.

"그럴 때가 아니잖아요! 아버지는, 저 녀석에게 살해──."

포옥, 전신이 깃털에 감싸인 것 같았다. 관객석에서 꺄아아
아아 하는 외침이 들린다. 정신이 들자, 내 몸은 뭔가 부드러
운 것에 안겨 있었다.

"저, 저기, 무, 무, 무슨……."

"조금은 진정했어?"

귓가에 속삭이는 스승짱의 목소리는 부드러웠다.

"제라르, 잘 들어. 실은 나, 저 아저씨를 처음 봤을 때부터
혹시나 했어. 하지만 리스크를 감수하면서까지 여기서 그
사실을 드러냈다는 건, 분명 뭔가 노림수가 있는 거야. 그러
니 여기서 제정신을 잃으면 상대의 수작에 넘어가는 거야."

확실히, 지금은 동요해 봤자 좋을 것이 없다.

"하지만, 왜 그렇게까지……."

"반대로 말하면, 그만큼 저 녀석은 우리를 두려워하고 있다
는 거야. ──알겠어? 제라르, 아버지의 원수를 갚고 싶다면
웃어. 웃음은 최강의 표정이야. 남에게 호의를 사고, 호구를
방심시키고, 적이 공격을 주저하게 하고, 해치운 뒤에도 원
한을 사지 않지. 그런 무서운 얼굴을 하면 더 이기기 어려워
질뿐이야."

스승짱이 내 얼굴을 다정하게 어루만졌다.

"저 녀석들을 쓰러뜨리고 우승하면, 내가 임금님을 부추길게. 그러면 저 아저씨를 마음대로 구워삶을 수 있어."

스승짱과 함께 아버지의 원수인 저 남자를 마음대로 할 수 있다. 그 광경을 상상하니, 내 입가가 아주 조금 풀어졌다. 나는 의지를 담아서 그 모습을 유지했다.

"──혼란에 빠져서 죄송해요. 이제 괜찮아요. 할 수 있어요."

"오, 좋은 얼굴이 됐잖아. 만약에 포옹도 소용없었으면 그 다음 단계도 검토하려고 했는데, 역시 그럴 필요 없었네."

……다음? 다음 단계가 뭐지? 왠지 무척 신경 쓰이지만, 그 의미를 알기 전에 해야만 하는 일이 있다.

나는 눈앞의 적을 응시했다.

"이, 이봐. 아저씨. 대체 무슨 소리야? 제라르의 아버지를 죽였다고? 그건……."

"분명 뭔가 오해한 거겠지. 어차피 너와는 상관없는 일이다. 그보다도, 롤란드의 아들은 확실히 이길 수 있겠지? 말했듯이 나는 사법사에게 할 말이 있으니, 너를 도와줄 수는 없다."

대화를 나누는 두 사람을 가로막은 심판 병사가 외쳤다.

"시작!!"

"칫…… 그럴 필요는 없다고! ──제라르, 일대일이다!! 사법사 좀 소환했다고 우쭐대는 건 10만 년 이르다고!!"

파올로는 뛰어서 두 사람에게서 벌어시고는 영창을 시작했다. 나도 스승짱이 말려드는 걸 피하고자 거리를 벌렸다.

"이 몸이 명한다! 거친 바람이여, 물과 함께 소용돌이를 이루어라!"

물을 포함한 작은 회오리가 나타나서 굉장한 기세로 다가왔다. 바람과 물. 설마 벌써 복합 마법^{도피오}을 사용하다니.

"빛이여, 나를 지키는 방패가 되어라!"

정신없이 친 마장벽이 간발의 차이로 파올로의 회오리를 막아 냈다. 그러나 바위가 깎이는 소리와 함께 내 벽이 사라졌다.

──강하다. 게다가 빠르다. 파올로는 옛날보다 훨씬 성장한 모양이다. 영창 속도만 놓고 보면 틀림없이 지금까지 싸웠던 왕성 마술사를 뛰어넘는다.

"이 몸이 명한다──."

틀렸다. 나도 공격하지 않으면, 이대로 가면 언젠가 당한다.

"──바람이여. 불을 품고 춤춰라!"

"──격류가 되어 꿰뚫어라!!"

내가 부른 물대포는 파올로가 날린 열풍을 일직선으로 꿰뚫었다. 그러나 대체 언제 친 건지 모를, 파올로를 지키는 마장벽에 맞아서 흩어졌다. 그 후 나를 덮치는 열풍.

"윽……."

견디지 못할 정도는 아니지만, 뜨겁다. 필사적으로 버틴 내 몸은 수분이 빠져서 말라붙었다.

"이 몸이 명한다! 대지여, 돌멩이가 되어 쏘아라!!"

"바람이여…… 나의 스승을 적대하는 자를 휩쓸어라."

날아오는 무수한 돌멩이와 흙더미. 내 마법은 그걸 대부분 날려 버렸지만 남은 돌멩이가 가차 없이 쏟아졌다. 단단한 흙더미가 내 이마에 맞아서 의식이 날아갈 뻔했다. 어느새 나는 무대에 무릎을 꿇고 있었다.

"……그 제라르가 이렇게나 버틸 줄이야. 솔직히 놀랐어. 하지만 상대를 잘못 골랐다고."

파울로는 천천히 거리를 좁히면서 동시에 어떤 대마법을 영창하기 시작했다. 큰일이다. 벽을 쳐야……. 하지만 그런 걸로 막을 수 있을까? 뭔가 다른 마법을 쓰는 게…….

사고가 하나로 이어지지 않는다. 머리에 안개가 낀 것 같았다.

"시작!!"

시작 신호를 들은 뒤에도, 시이코와 알폰소는 움직이지 않았다.

"나에게 할 말이라는 게 뭔데? 사랑 고백은 이미 충분하지만, 돈벌이 이야기라면 흥미가 있을지도? 그림으로 그린 것처럼 뻔하게 말이야."

"사랑 고백이라. 확실히 너는 아름답지. 하지만 유감스럽게도 나는 마력의 껍데기에는 흥미가 없다. 내가 알고 싶은 건, 어디까지나 외법을 포함한 모든 마법의 진리뿐이라서."

알폰소는 도취한 듯이 말했나.

"마력의 껍데기……. 인간 말이야? 우와, 기겁하겠네~ 최악의 발언이라 기겁하겠어~. 완전히 변태잖아 이거. 뭐, 그런 철저한 부분이 싫지는 않지만."

시이코는 즐겁다는 말투로 말했다.

"칭찬을 듣다니 영광이군. 답례로, 너에게도 매력적일 이야기를 하나 제안하도록 하지."

시이코의 움직임이 멈췄다. 그 눈동자만이 조용히 움직였다.

"……무슨 제안?"

"널리 알려지지 않았지만, 과거에 소환된 사법사들이 대부분 원래 세계로 돌아갈 방법을 찾았다는 건 알고 있다. 너도 그렇겠지? 그러니. 네가 원래 세계로 돌아갈 방법을 가르쳐 주지. 물론 연구에 협력해 준 뒤의 이야기겠지만. 나는 소환 마법 역시 숙지하고 있다고 봐도 좋다. 이미 몇 종류의 소환 마법과 원래 세계로 돌아가기 위한 귀환주문을 쓸 수 있지."

"큭!!"

시이코의 얼굴에 숨길 수 없는 동요가 스쳤다.

"그건…… 거짓말이지?"

"물론 지금 당장, 확실하게 보장할 수는 없지. 하지만 나는 스스로 모은 마도서 말고도 왕성 서고나 인맥도 자유롭게 쓸 수 있다. 나는 사법에 관해 해명하기 위한 준비를 해 왔으니까."

"하지만 제라르가……."

시이코는 거리를 두고 싸우는 제라르를 슬쩍 곁눈질했다.

"그 녀석에게도 나쁘게 대하지는 않을 거다. 물론 사법사에 관한 마도서는 회수하겠지만, 롤란드에 대한 것도 줄곧 미안하다고 생각해 왔으니, 뭣하면 내가 마법학교에 이야기를 해서 복학시켜줄 수도 있다."

알폰소의 말을 듣자, 시이코는 체념한 듯이 고개를 수그렸다.

"그렇다면……. 하지만, 하나만 말해 줘. 제라르의 아버지…… 롤란드 씨를 죽인 건, 연구를 위해 불가피하게, 어쩔 수 없이 한 일이겠지?"

시이코는 자신을 납득시키기 위해 물었다.

"롤란드의 일은 정말로 유감이었다. 그를 가장 높이 평가하고 있던 것도 나였으니까. 처음에는 함께 연구하자고 권유했지. 하지만 거절당했고, 다음에는 돈을 줄 테니 넘겨 달라고 부탁했다. 그러나 그것도 거절당했고, 마도서를 가지고 있다는 사실조차 인정하지 않더군. 그러니 어쩔 수 없었다."

다음 순간.

'삐롱' 이라는 이 세계에서는 존재하지 않는 소리가 들렸다.

"증거 확보♪ 오, 아직 배터리가 30퍼센트나 남아 있잖아. 그나저나 아저씨, 인간에게 흥미가 없다는 것치고는 소통 능력이 좋네~."

"……?"

알폰소는 의아한 듯이 눈을 가늘게 떴다. 그 눈앞에 들이미 것은, 얇은 사각형 모양의 스마트폰이었다.

『──롤란드 씨를 죽인 건, 연구를 위해서 불가피하게, 어쩔 수 없이 한 일이겠지?』

아래쪽 앵글에 비친 것은, 덤덤히 말하는 알폰소였다.

『──마도서를 가지고 있다는 사실조차 인정하지 않더군. 그러니 어쩔 수 없었다.』

"……그건 뭐냐."

알폰소는 흥미로운 표정을 지었다.

"으음, 사법사의 일곱 도구라고나 할까? 지워지는 볼펜 같은 것도 있어!"

"……!!"

"아저씨, 정말로 내가 그런 싸구려 말발에 넘어갈 줄 알았어? 그럴 리가 없잖아~. 왜냐하면, 믿느냐 믿지 않느냐 이전에──."

시이코는 하늘을 향해 오른손 중지를 치켜들고는, 당차게 웃었다.

"정의의 히로인이 너 같은 (자체 검열!)한테 협력할 리가, 없잖아?"

◆

"제라르! 살려 줘!!"

내 정신이 돌아온 건, 그 비명 덕분이었다.

그 옆에서는 알폰소 씨―― 아니, 알폰소가 도망치는 스승짱을 향해 마법을 날리려 하고 있었다.

"――!!"

심장이 두근거리며 사고가 정지했다.

――빛이여, 나의――.

영창하는 내 주변에만 시간의 흐름이 느려진 것 같은 기분이 든다.

영창을 마치기 전에, 마법이 완성됐다.

눈부신 방패가 스승짱을 덮었다. 결과부터 말하자면 알폰소의 마법은 공중에서 찌릿찌릿 떨렸을 뿐이었다.

"과연, 내가 속은 만큼 마력이 봉인되는 것인가. 고대의 인간이 사용하던 언령과 조금 닮았군."

알폰소는 동요하지도 않고 혼잣말을 중얼거렸다.

나는 스승짱에게 달려갔다. 아무 일도 없다. 괜찮다.

"다행이다……."

"미안미안. 괜찮았던 것 같아. 저 사이코 아저씨가 무척이나 여유로워 보여서, 어쩌면 사법이 통하지 않을지도 모른다고 생각했거든."

스승짱은 일어나서 남색 치마의 먼지를 털었다. 그 순간 스치는 불길한 예감. 뭔가 잊어버린 듯한…….

"――이상의 약정에 따라 나 파올로 알도 비스콘티가 명한다! 하늘의 외침, 폭우를 부르고, 바람을 흔들고, 뇌우가 되어 대지를 갈라라!!"

아뿔싸. 파올로를 완전히 잊고 있었다.

주변은 어느새 어두워졌다. 마지막으로 보인 건, 뇌운 속에서 번쩍이는 빛이었다.

"시이코, 제라르!!"

눈앞이 새하얘졌다. 누군가의 외침이 굉음 속에 사라졌다.

◆

"——라르! 제라르!!"

멀리서 스승짱의 목소리가 들린다.

"죄송해요……."

저는 약속을 지키지 못했어요——.

"아~ 정말. 무슨 잠꼬대를 하는 거야."

"어풉!!"

두 뺨에 찰싹 충격이 스쳤다.

"정신 똑바로 차려! 상처는 얕아! 아니 멀쩡해."

엥?

"진짜다……."

몸 어디에도 화상은커녕 아픔조차 없다.

"제라르의 마법이 막아 줬어. 지금은 사라져 버렸지만."

마장벽이……? 그리고 보니, 그 색은——.

"젠장, 이 자식 백벽까지 쓸 수 있는 거냐!!"

마법사들 사이에서 하얀 벽이라 불리는 마법. 그건 최상급

©Koin

레벨의 마장벽을 말한다. 벽의 내구력이 오를수록 반사력도 높아져서 광채가 하얀색에 가까워지기에 그렇게 부른다. 그걸 내가……?

"호언장담을 하던 아저씨는 져 버렸고……. 설마 사중복합<ruby>콰트로<rt></rt></ruby> 마법으로도 끝내지 못할 줄이야."

나는 주변을 둘러봤다. 스승짱에게 마력 대부분이 봉인된 알폰소는 이미 시합에는 흥미가 없다는 듯이 스스로 무대에서 내려갔다. 필연적으로 알폰소는 실격됐고, 우리와 파올로는 2대1의 상황이 되었다.

"야, 제라르. 나와 너의 일대일 대결이었잖아? 여기까지 와서 사법사── 여자한테 의지하려는 거냐? 앙?"

큭. 분명 나는 일대일 요청을 받아들였다. 게다가 지금까지는 대부분 스승짱의 힘으로 이겨왔다. 내 힘만으로 파올로를 이기고 싶다는 마음도 없지는 않았다.

그러나 시합 전에 다짐한 대로, 무엇보다도 이기는 게 중요하다. 분명 스승짱의 생각도 같겠지.

"괜찮지 않아? 어울려 주라고."

"네에……."

정말로 이 사람은 언제나 예상과 다른 삐딱한 방향으로밖에 못 가는 것 같다.

"그야, 남자끼리 오기를 부리는 건, 흔해빠지긴 했어도 역시 좋잖아. 게다가 제라르라면 전력을 다하면 분명 이길 수있어."

간단하게 말하네.

"아까부터 보니까, 제라르는 개그계 마술사를 지망하니까, 진지하게 굴지 말고 바보같은 마법을 연발하면 돼. 자, 먼저 고브코가 좋아하는 그걸로 가 보자!"

그런 쪽을 지망했던가…… 이게 아니라.

"그거 말인가요……."

페하나 공주 전하, 무수한 관객 앞에서 그걸 쓰는 건가……. 하아.

"좋아. 그럼 의욕이 날 만한 포상을 줄게. 제라르가 이기면 내 검스 말고도, 고브코의 가슴도 마음대로 해도 돼! 이거면 어때!"

"뭐어엇?! 너 이 자식, 뭘 멋대로!! …………음, 미안하다. 그만 흥분했다."

맨 앞줄에서 소란을 부리던 관객이 주의를 받았다.

"이 자식들…… 이 몸을 깔보다니…… 좋아, 제라르. 울상을 짓게 만들어 주마!!"

긴장감 없는 대화에 인내심이 바닥났는지, 파올로는 거리를 벌리고 마법 영창을 시작했다.

나는 황급히 마장벽을 쳤다. 거의 분홍색이었다.

"어째서……."

"역시 아까 만든 백벽은 우연이었냐."

그렇다면, 역시 그 수밖에 없다.

"──계약에 따라 이 몸이 명한다. 대지여, 돈멩이가──"

"——작위적인 해프닝이여 오라. 브라파 안치라 키스케베!!"

스승짱의 조언대로라면 틀림없이 통할 거다. 틀림없을 거다!

"우왓?!"

끈이 풀어진 파올로의 바지가 스르륵 내려갔다. 우와아, 남자의 속옷 같은 걸 봐 봤자 그 누구도 득 볼 게 없다고!

"이, 이 자식……!"

파올로는 황급히 바지를 올렸지만, 끈을 조이지 않아 다시 내려간 바지에 다리가 걸려 넘어졌다. 남자가 가랑이를 벌리는 모습 같은 건(생략).

아아, 왜 아버지는 이런 마법이 든 책을 모으고 있었던 걸까.

"제라르!! 이 자식, 그 마법은 봉인했던 게—— 그만둬, 이거 놔!! 으극."

시합이 시작되고 나서 계속 떠들던 아이가 마침내 끌려간 모양이다. 미안, 로잘리아…….

"제라르 이 자식, 반드시 죽여 버리겠어!"

나는 분노하는 파올로에게 재채기 마법을 사용했다.

저번과 달리, 이번엔 제대로 상대의 재채기가 멈추지 않는 마법이다. 이 문장 역시 의미를 전혀 알 수 없는 문자열이라, 영창에 애를 먹은 마법이다.

"스기히노키, 시라카바부타쿠사에조요모기……."

"이 몸이 명한다! 동토여, 열풍에—— 에, 에, 에취! 헷취!!"

스승짱이 귀엽다 귀엽다 하며 배를 잡았다.

"뭐야 이거, 푸헷취!! 젠장, 시시한 마법만…… 에, 에취!!

쓰기는!!"

파올로는 바지끈을 잡으면서 콧물투성이 얼굴로 나를 노려 봤다.

"청정한 하늘의 빛이여, 정화── 쿵, 정화의."

내 마법을 없앨 셈인가.

"매끄러운 신발 바닥이여, 젤리가 되어라!!"

영창을 완료한 동시에, 파올로의 가죽 신발 밑창이 끈적끈 적해졌다.

"정화의 힘── 오? 오? 으호오오오!!"

파올로는 균형을 잃고 손발을 파닥이면서 필사적으로 일어 서려 했다. 그러나 미끄러운 다리는 공회전할 뿐, 앞으로 거 꾸러진 파올로는 콰직 하는 불길한 소리를 내며 움직이지 않 게 되었다. 바지는 그 충격으로 다시 발목까지 벗겨졌다. 아 니, 자세히 보니 벗겨진 건 바지만이 아니었다. 자세히 보지 말 걸 그랬다.

"우와, 비참해…… 제라르도 하는 짓이 참 악랄하네."

당신이 할 말인가요…….

"승부 결정!"

심판의 목소리가 들렸다. 좋아, 어찌 됐든 우리의 승리──.

"제랄드와 시이코, 반칙으로 실격! 따라서 파올로와 알폰소 의 승리!!"

"에엑!! 진짜로?! 어째서 어째서?!"

아.

『폐하의 어전이다── 시합의 품위를 현저하게 떨어뜨리는
행위를 행한 자는── 즉시 실격이다.』

아아아아아아!! 왕족석을 올려다보니, 공주 전하가 얼굴을
양손으로 가리고 있었다. 나는 눈앞이 깜깜해졌다.

◆

"하아……. 정말 죄송합니다."

결국 아버지의 원수도 갚지 못하고, 수단과 방법을 가리지
않았다가 파올로에게도 이기지 못했다……. 무엇보다 스승
짱과의 약속을 어기고 말았다.

"자자, 너무 침울해하지 마. 그보다 내가 룰을 파악하지 못
했던 게 잘못이니까."

"확실히 그렇지. 시이코가 설명도 안 듣고 자 버려서 그런
거다. 나 참."

그것도 그때 내가 확실히 깨어 있었다면 됐을 거다.

"데헷. 가끔은 얼빵한 부분도 있어야 귀엽잖아? 고브코는
1년 내내 얼빵하지만."

"조금은 반성해라, 이 바보!"

나는 이미 지적할 기운도 없었다.

"뭐, 확실히 시합에는 졌지만. 좋은 소재도 얻었고 승부에
는 이겼으니까 괜찮잖아. 그 사이코 아저씨와는 나중에 확실
히 매듭을 지을 테니까. ……아, 그래도 제라르는 이제 왕성

마술사가 되지 못하는 건가. 미안해.”

“아뇨…… 저는 괜찮아요. 그보다도, 이제 스승짱을 원래 세계로 돌려보내는 게 어려워졌네요.”

스승짱과의 약속을 지키지 못하게 된 것에 비하면 내 장래는 사소한 일이다.

“자, 자, 자. 그건 그 사이코 아저씨를 협박하면 어떻게든 될지도 모른다는 기분이 들지 않는 건 아니거든. 아무튼 지금은 고브코야. 모처럼 결승까지 진출했으니까, 꼭 우승해야지.”

그랬다. 우리가 한심한 싸움을 펼치기 전에 로잘리아는 이미 결승 진출을 확정한 모양이었다.

“뭐, 나는 상대가 누구든 전력을 다할 뿐이야. ……그런데 시이코, 아까 시합 전에 제라르와 이렇게, 왠지 정감이 가득한 포옹을 했던 건 말인데.”

“아무튼 지금은 고브코야. 모처럼 결승까지 진출했으니까, 꼭 우승해야지.”

?!

“이봐, 그보다도 아까 시합 전――.”

“아~ 무한 루프 금지! 슬슬 대기실로 가는 게 좋지 않을까! 응!”

“시이코 너, 설마.”

“아~ 정말 귀찮네에. 자, 고브코는 이리 와!”

스승짱은 그렇게 말하며 로잘리아의 손을 잡아당겨서 꼭 안았다.

"옳∼지옳지옳지, 고브코는 반드시 우승할 수 있을 거야. 제라르와 내가 붙어 있잖아."

새빨개진 로잘리아는 머리를 쓰다듬는 것을 허용하면서 "우우."라든가 "끄응." 하고 신음했다.

◆

아까부터 열심히 응원하고 있건만, 내 목소리가 내 귀에 들어오고 있는지조차 의심스럽다. 결승전 시합장은 그만큼 엄청난 환성에 휩싸였다.

로잘리아의 상대는 귀족 출신 근위병이었다. 어떤 곰 같은 거한이 나올까 걱정했던지라 의외였지만, 근위병단의 젊은이 중에서도 특별히 뛰어난 존재인지 움직임이 굉장했다.

움직이는 속도는 로잘리아보다 약간 떨어지지만, 그걸 세련된 동작으로 보강했고, 공격하는 횟수로는 우열을 가릴 수 없다. 그리고 로잘리아가 미처 피하지 못한 목검을 막으려 할 때마다 힘에서 밀린 곤봉이 크게 흔들릴 정도였다.

하지만 로잘리아가 한 가지 우위인 점이 있다면, 관객 대부분을 아군으로 삼고 있다는 것이다. 그래서 나도 그 일원으로서 목소리를 높였다.

"로잘리아! 힘내!!"

"가라∼ 고브코!! 내가 허락한다! 베어 버려!!"

내 옆에서 외치는 건 물론 스승짱이다.

성원이 갑자기 비명과 웅성거림으로 변했다. 무대를 보니, 로잘리아의 곤봉이 공중을 날고 있었다. 몇 번이나 맞부딪치면서 팔에 마비가 온 걸지도 모른다.

초조해진 로잘리아는 상대에게서 시선을 떼고 곤봉이 튕겨나간 방향을 바라보고 말았다.

물론 상대는 빈틈을 놓치지 않았다.

승리를 확신한 남자는 단숨에 거리를 좁혀서 로잘리아의 등을 비스듬히 베려 했다.

큰일이다──.

그러나, 남자가 벤 것은 길고 아름다운 은발뿐이었다.

힘차게 웅크린 로잘리아는 일어서면서 다리를 채찍처럼 구부려 거센 기합과 함께 뒤돌려차기를 날렸다.

무방비한 머리에 발차기를 정통으로 맞은 남자는 휘청휘청 뒷걸음질 치다가 견디지 못하고 무릎을 꿇었다.

남자가 지팡이 대신 짚던 목검을 걷어찬 로잘리아가 말했다.

"더 할 거냐?"

고개를 수그린 남자의 목소리는, 커다란 환성에 묻혀서 들리지 않았다.

잠시 뒤 심판이 로잘리아의 승리를 선언했다.

"굉장해 굉장해!! 고브코 진짜로 우승해 버렸어!!"

스승짱은 내 양손을 잡고 뛰어올랐다. 나는 어땠냐면, 숨을 멈추고 있었다는 것조차 깨닫지 못하고 말을 꺼내려다가 콜록콜록 기침했다.

로잘리아……. 정말로 굉장해. 축하해.

◆

시합이 끝난 뒤에는 시상식만이 남았다. 시상식까지 보는 사람은 그리 많지 않다.

우리는 광장의 커다란 종 시계 아래에서 로잘리아를 기다렸다. 귀로를 밟는 사람들이 일단락된 무렵, 모습을 드러낸 것은 로잘리아만이 아니라 파올로도 있었다. 알폰소의 모습은 보이지 않는다.

"야, 제라르."

"여, 여어."

수많은 관객 앞에서 그런 꼴을 당하게 한지라, 얼굴을 마주하기 힘들었다.

"뭘 오들거리고 있어. 쪼잔한 수라고는 해도 나를 이긴 주제에 비굴하게 있지 말라고."

내가 이겼다? 기절한 탓에 시합 결과를 모르는 건가.

"아~아~ 영문을 모르겠다는 표정 하지 말라고, 짜증 나는 놈이네. 알고 있잖아? 시합이 어떻게 되었든, 너의 승리야. 뭐, 다음번에는 그렇게 되지 않겠지만. 트릭만 알고 있으면 방도는 얼마든지 있다고."

확실히 내가 사용한 것이 세상에 거의 알려지지 않은 마법이 아니었다면, 그렇게 잘 통하지는 않았을 거다.

"그보다도, 내가 용건이 있는 건 사법사 누님이야. 너, 대체 무슨 마법…… 사법인가? 아무튼 뭘 썼길래 그 한심한 잔챙이었던 제라르가 이렇게 강해진 거냐?"

재미있다는 듯이 우리를 지켜보던 스승짱이 질문을 듣자 진지한 표정을 지었다.

"나는 그저 제라르가 본래 가지고 있던 힘을 끌어냈을 뿐이야. 마력이라는 건 인간이 원래부터 가지고 있는, 자신의 몸을 건강하게 유지하려는 힘이니까. 사법은 그걸 활성화시킨 거지. 이거, 의학박사가 제대로 인정한 거거든. 그중에서도 최고 품질만을 엄선한 것이 사법인 거야."

"어, 어어……."

파올로는 무슨 뜻인지 모르는 눈치였지만, 나 역시 마찬가지였다.

"진지하게 대답하자면, 제라르는 재능은 있지만 잘 구사하지 못했을 뿐이야. 제라르의 아버지도 그걸 알고 있었던 것 같고. 그러니까 자신이 쓸 수 없는 소환마법도 제라르라면 쓸 수 있다고 생각해서 포기하지 않았던 거야. 분명해. 정말이지 아들을 끔찍하게 아끼는 아버지라니까……."

스승짱은 가끔 이렇게 굉장히 다정한 눈빛을 보인다.

"제라르가 실은 그럭저럭 하는 놈이라는 건 나도 이제 알겠어. 그 급성장의 원인이 무엇인지도 말이지. ──그러니! 그 아저씨와는 기껏해야 시상식까지만 함께할 테니, 앞으로는 나도 네 제자로 삼아 줘! 여기시는 2번 제자여두 만족할 테니까, 부탁해!!"

뭐어?! 설마 저 파올로가 고개를 숙이다니. 그래도 제자라니 안 돼. 왜 안 되는지는 제대로 설명을 못하겠지만, 아무튼 절대로 안 돼.

"자자, 제라르. 그런 세상이 끝난 듯한 표정 짓지 말라고. 파올로, 미안하지만 나도 그런 귀찮…… 한가하지는 않아. 제라르와 고브코만으로도 간당간당하거든. 그러니까 다른 데를 알아보라고."

후우.

"제발 부탁해! 돈이라면 어지간한 가정교사의 열 배든 스무 배든 낼 테니까. 뭐하면 결혼해줄 수도 있다고? 물론 나는 자작 칭호로 만족할 생각은 전혀 없으니까, 잘 풀리면 넌 백작부인이 되는 거야. 나쁘지 않잖아?"

스승짱은 파올로의 말을 듣고 미소 지었다. 아, 이거 완전히 화가 났을 때의 표정이네…….

"저기 말이야……. 말하지 않았던가? 까놓고 말해서 나, 동족혐오일지도 모르지만 이 몸이 어쩌고 하는 거만한 녀석은 무리거든. 외모는 중시하지 않는 편이지만, 왠지 모르게 내면에서 배어 나오는 게 생리적으로 거부감이 들어. 자, 이제 됐으니까 엉덩이를 보인 아이에게 주는 1등상이나 받아오라고."

아, 파올로가 마음의 상처를 입었다.

"오오, 제라르에 시이코. 기다렸지? ……우왓, 뭐냐 이건."

로잘리아는 무릎을 부여잡고 앉은 파올로를 보고 큰 소리를 질렀다.

"아아, 이거? 그 있잖아, 제라르의 친구인 이 몸이 어쩌고 하던 녀석이야. 왠지 상태가 안 좋은 거 같은데 뭐, 시상식 때는 원래대로 돌아오지 않을까?"

친구……인가는 둘째 치고, 같은 남자로서 지금은 가만히 내버려 두려고 한다.

"——그대의 싸움은 실로 훌륭했다. 특히 무기가 날아갔는데도 승부를 포기하지 않고, 잠깐의 기회를 제 것으로 삼은 부분이 대단했다. 과인의 군단도 그대와 같은 불굴의 투지를 가졌으면 좋겠구나."

어전시합 시상식은 결승전이 치러진 무대에서 마법 부문과 무술 부문을 합동으로 진행한다.

나와 스승짱은 출전자용 관람석에서 시상을 위해 설치된 단상에 오른 로잘리아를 바라봤다.

"그대도 알고 있겠지만, 이번 시합의 승자는 원한다면 근위병단에 입단할 수도 있다. 그대가 아인이라 해도 예외는 아니지. 과인의 군단에 들어와 한층 기술을 갈고닦지 않겠느냐? 그럴 마음만 있다면 근위대장까지 요청하도록 해라. 기다리도록 하마."

"대, 대단히 영광스러운 일이라 긴장됩니다!"

"아~아, 무슨 소리를 하는 건지. 고브코 너무 딱딱하잖아."

스승짱은 기뻐 보인다. 극도로 긴장한 로잘리아를 본 폐하도 웃으면서 옆에 있는 공주 전하에게 재촉했다.

"소피아라고 합니다. 로잘리아 공, 이번에는 정말로 축하해요. 늠름한 싸움이었어요. 약소하지만, 저는 이걸 드릴게요."

공주 전하는 로잘리아에게 속옷을 건네고는 뭔가 귓속말을 보냈다. 눈을 깜빡인 로잘리아의 얼굴이 점점 새빨갛게 물들었다.

"어…… 뭐야 지금 그거. 공주님이 건넨 거, 팬티 아냐?"

"그게 뭐 어떻다는 건가요?"

포상이 너무 크다고 하려는 건가. 내가 예전에 봤을 때도 포상이 속옷이었던 것 같은데, 아마 매년 똑같겠지.

"에에엑…… 뭐야 그거. 이상한…… 으급."

나는 황급히 스승짱의 입을 막았다.

공주 전하의 하사에 이상한 의미가 담겨 있을 리가 없다. 스승짱이 오해하는 건 어쩔 수 없지만, 누군가가 듣게 되면 변태. 아니 조금 이상한 사람처럼 취급할 것이다.

시상은 마법 부문으로 옮겨갔고, 로잘리아는 우리 자리로 돌아왔다.

단상에는 파올로가 공주 전하에게 포상을 받고 있었다.

"──파올로 공, 이번에는 정말 축하해요. 늠름한…… 푸훗, 싸움……이었어요. 크후후후……."

공주 전하는 포상인 가터를 보고 파올로의 추태를 떠올린 것이리라. 그때 공주 전하는 부끄러워하고 있었던 게 아니라, 웃음을 참고 있었던 모양이다.

"황공……합니다……."

원래대로 돌아온 파올로가 다시 마음의 싱 저를 입었다.

"저기, 고브코. 아까 공주님한테 뭘 받았어?"

스승짱이 목소리를 죽이며 묻자, 로잘리아는 그때를 떠올린 듯이 얼굴을 붉혔다.

"그게, '아까 막 벗었어요' 라면서……, 대체 어떻게 된 거야? 내가 무지한 걸 수도 있지만, 뭔가 깊은 의미라도 있는 거냐?"

"역시 변태 맞잖아!"

죄송합니다, 변태였습니다. 아니 잠깐, 뭔가 다른 생각이 있을지도——.

그때였다. 빛과 함께 푸슈욱 하는 소리가 나며 단상이 연기에 휩싸였다. 뭉게뭉게 피어오르더니, 지금은 폐하와 공주 전하의 모습까지 가려질 정도였다.

"뭐야 저건? 불꽃놀이라도 하려고?"

작년에는 이런 건 없었는데, 시상식의 분위기를 띄우기 위한 장치인 걸까?

"그만두세요! 떨어지세요!!"

느긋하게 보고 있던 나는 공주 전하의 비명을 듣고 처음으로 이변을 알아챘다.

바람마법으로 연기를 날려 버리자, 그곳에는 믿을 수 없는 광경이 펼쳐져 있었다.

도망치려는 공주 전하를 붙잡고 놓지 않는 알폰소. 그 옆에는 모르는 왕성 마술사와 폐하가 노려보고 있었다.

"이건 무슨 짓이냐!"

폐히기 외치자, 알폰소는 차분한 목소리로 대답했다.

"무슨 짓이고 자시고, 이런 겁니다. 폐하. 자, 공주 전하, 슬슬 얌전히 계시죠."

알폰소는 공주 전하의 오른쪽 뺨을 강하게 때렸다. 공주 전하는 맞은 뺨을 누르며 멍해졌다.

"이놈! 소피아에게 무슨 짓이냐!!"

"이크, 폐하. 거기서 멈춰 주시죠."

달려가려던 폐하를 긴 금발 마술사가 제지했다. 여자 같은 헤어스타일이었지만, 목소리를 들어 보니 남자 같다.

폐하는 발을 멈췄지만, 대신 타오르는 눈으로 알폰소를 바라봤다.

"이놈, 명색이 마술사단의 부단장이라는 자가…… 부끄러운 줄 알아라!"

"그럼 그런 도움 안 되는 직함은 지금 바로 반납하도록 하지요, 폐하. 공주 전하에게는 이 이상 거친 짓을 할 생각은 없습니다. 폐하와 주변 사람들이 쓸데없는 짓을 하지 않는다면 말이죠. ——나무정령에게 명한다, 나의 뜻에 따라 속박하라!"

마법 식물 덩굴이 나타나서 공주 전하의 손을 뒤로 묶었다.

사태를 깨달은 사람들은 관객석에서 입을 모아 분노와 경악의 소리를 지르기 시작했다.

"쓰레기들의 목소리가 거슬리는군. 줄리오, 닥치게 해라."

줄리오라 불린 긴 머리 마술사는 즉시 관객석을 향해 연속해서 화염구와 전격 마법을 날렸다. 관중은 순식간에 대혼란에 휩싸였다. 도망치려던 관중 일부는 무대 쪽으로 내려오고 말았다.

"어떻게 된 거야……."

땅울림 같은 노성과 비명이 오가는 가운데, 나는 현실감 없는 광경을 그저 지켜보고만 있었다.

왕성 마술사가 왕가와 신민에게 지팡이를 겨누다니, 이런 일이 있어도 되는 건가?

"설마 저건 쿠데타 같은 건가? ……그렇다면 저 아저씨, 처음부터 그럴 작정이었나~. 어쩐지 쓸데없이 여유가 넘친다 했어. 경비가 느슨해지는 시상식을 노리고…… 아~, 위화감이 든 걸 무시하다니 나도 참── 어? 뭔데? 어?"

순간 스승짱을 억지로 안아 든 것은, 이국풍의 검은 망토를 두른 붉은 머리 여자였다.

"제라르──!!"

여자는 믿기지 않는 도약력으로 단숨에 뛰어서 단상으로 향했다. 나와 로잘리아도 쫓아갔지만, 도망치는 관객들에게 막혀서 생각처럼 움직일 수 없었다.

그러는 사이에 검은 망토 여자는 알폰소의 곁에 도착하고 말았다.

"잘했다, 아란차. 말할 수 없게 만들고 이리로 넘겨라."

아란차라 불린 여자는 스승짱의 입에 재갈을 물리고 알폰소에게 넘겼다. 알폰소는 공주 전하에게 했던 것처럼 그대로 스승짱의 양손을 묶었다.

……!! 아버지와 공주 전하만으로 그치지 않고, 스승짱에게 까지 저런 짓을 하다니.

"사법사여, 무례한 행동은 용서해다오. 이렇게 하지 않으면 너는 따라오지 않을 것 같아서 말이다."

스승짱은 미동도 하지 않고, 그저 알폰소의 눈을 바라봤다.

──데려간다? 어디로 데려가려는 거야. 아니, 어디든 상관없다.

"그럼 폐하, 저는 이만 실례하겠습니다."

그리고 알폰소는 목소리를 높였다.

"나의 소망은 단 하나!! 사법사와 내 동지를 데리고 서쪽 국경을 넘는 것, 그것뿐이다!! 그게 이루어진다면 공주 전하는 국경에서 풀어 주지! 공주 전하의 신변이 무사하기를 바란다면, 관계없는 자들은 절대로 손대지 마라!!"

서쪽 국경을 넘는다니. 그 너머에는 자리아레룸이 있을 거다. 스승짱을 이웃나라로 데려가려는 건가? 대체 왜?

"국경? 망명할 셈이냐? 게다가 사법사라니? 잘못 들은 게 아니겠지."

폐하는 전혀 영문을 모르겠다는 표정을 하셨다. 그도 그렇다. 이 나라에 옛날부터 전해지는 전설의 사법사를 폐하가 모르실 리가 없으니까.

그러나 공주 전하의 목숨과 바꾼다고 한다면, 폐하는…….

"내가 망명이라는 비참한 짓을 할 리가 없지 않나. 나는 국빈으로서 대우받을 거다. 이 나라는 마법 연구를 하려고 해도 시시한 교리에 얽매여서 인체실험마저 제대로 할 수 없지. 숭고한 마법에 윤리 따위는 전혀 쓸모없건만. 그에 비하면 자리아레룸 왕은 선견지명이 있으시다. 사법사는 연구대상인 동시에, 그 왕에게 보낼 선물이기도 하지."

알폰소는 최종적으로 스승짱을 자리아레룸 왕에게 넘기려는 건가. 야심이 강하다는 자리아레룸 왕이 스승짱을 어떻게 대할지는 상상하기 어렵지 않다.

주변은 조금 전의 소란이 거짓말이었던 것처럼 조용해졌다. 관객들은 이미 대부분 도망쳤다. 남아 있는 것은 시상식에 참석한 우리 같은 참가자 몇 명과 로잘리아와 파올로, 폐하의 호위를 위해 모인 약간의 근위병과 왕성 마술사뿐이다.

움직이고 싶어도 움직일 수 없는 우리가 멀리서 지켜보는 가운데, 폐하는 고뇌하고 있었다.

"소피아── 하지만, 자리아레룸에 사법사를……."

만약 폐하가 스승짱을 저버린다 해도, 나는──.

"……안 된다. 녀석을 보내지 마라! 만약 저 소녀가 정말로 사법사라면, 타국에게 넘겨줄 수는 없다."

"정말이냐! 폐하가 공주님을 버리려는 거야?!"

파올로가 경악하며 중얼거렸다. 나도 동감이었다.

"소피아는 왕가의 딸, 나라를 위해 목숨을 버릴 각오는 어린 시절부터 가르쳤다. 모든 책임은 이후에 과인이 진다! 그렇게 해서라도 네놈을 보내 줄 수는 없다! 녀석을 사로잡아라!!"

알폰소는 폐하의 결단에 안색을 바꿨다. 어지간히 의외였나. 손은 분노로 떨리고 있었다.

"어리석은……. 그럼 지금부터 실력으로 국경을 넘을 뿐이다! 나의 동지가 여기에만 있다고 생각지 마라!"

거친 목소리에 호응하듯이, 왕성 마술사 중에서 몇 명이 갑자기 아군을 향해 마법을 날렸다. 허를 찔린 왕성 마술사나 근위병은 차례차례 쓰러져 버렸다.

나는 주저하고 있었다. 지금 당장 스승짱에게 가고 싶지만, 뒤쪽에 있는 적을 내버려 둔 채로는——.

"——대지에 요청합니다, 무뢰한들의 발을 묶어 주세요!!"

크리스토프의 목소리였다.

주변을 둘러보니, 다른 참가자들도 차례로 응전을 시작했다.

"저는 진실된 사랑을 깨달았어요! 파올로가 아무리 바보에 바람기 많고 한심해도, 귀족에다 부자고 미남이니까 상관없다고요! 그러니 파올로는 내가 지키겠어요!!"

"나는 그저 정직원 자리를 지킬 수만 있다면 그걸로 충분해……."

마릴레나가 날린 회오리는 대량의 아군 병사와 적을 함께 공중으로 날려 버렸고, 아가타 씨가 빛으로 만든 그물로 붙잡았다.

마릴레나의 마법이 저렇게 강력했다니, 스승짱의 방해가 없었더라면……. 나는 등골이 서늘해졌다.

"왜 우리가 이런 일을…… 정말~ 귀찮으니까 한꺼번에 꺼져 버려☆"

"그야 우리만 도망치면 엄청 눈에 띄잖아! 폐하도 보고 계시니까, 나름대로 일하긴 해야지. 아~아, 시상식 같은 걸 보러 오는 게 아니었어……."

근위병 사이에서 깨작깨작 마법을 날리는 안나와 라파엘로는 아무래도 화해한 모양이다.

"제라르!!"

그러나 한눈을 팔던 나는 로잘리아가 외칠 때까지 적의 마법을 깨닫지 못했다.

큰일이다── 그렇게 생각한 순간, 다가온 화염은 내 눈앞에서 흩어졌다. 누군가의 마법이었다.

"제라르! 여기는 우리에게 맡기고, 앞으로!!"

"하, 하지만……."

"괜찮습니다. 신의 가호가 있다면 반역자 따위에게 지진 않을 겁니다! 우리도 나중에 뒤쫓을 테니, 어서!!"

──감사합니다. 왠지 두 번 다시 만나지 못할 요소를 모두 갖춘 엔리코 씨에게 속으로 감사하면서, 우리는 내달렸다.

그러나 아란차라 불린 검은 망토를 두른 여자가 단상에 오른 우리에게 날카롭게 반응했다. 싸울 수밖에 없나. 대비하려던 그때, 내 몸이 강제로 떠밀렸다.

"제라르…… 시이코를 부탁한다."

앞으로 나온 선 모갈기아였다. 설마.

"로잘리아, 기다려. 싸우겠다면 나도——."

"제라르! 시이코의 말을 잊어버린 거냐? 타인을 보면 우선 도둑이라고 생각해라—— 이게 아니라, 적을 속이려면 아군부터—— 이것도 아니고. 틀렸어, 역시 저 녀석은 멀쩡한 말이라고는 안 해."

말과는 반대로, 로잘리아는 웃고 있었다.

"아무튼, 나는 괜찮다! 승리를 이미지화 할 수 있으니까!"

아란차는 암기처럼 보이는 양손의 수갑을 맞대면서 다가오고 있다.

내가 서둘러 육체 강화 마법을 걸자, 로잘리아는 곤봉을 휘두르며 대답했다.

시상대 근처, 바로 앞에 보이는 알폰소와 스승짱. 그러나 내 앞에는 줄리오라는 젊은 마술사가 가로막았다.

"이크, 견습 군. 이 앞은 통행금지야."

안타깝게도, 폐하는 남자 옆에 기절해서 누워 있었다.

해야만 하는 건가…… 그렇게 각오했을 때, 뒤에서 후다다닥 발소리가 들려왔다.

"제라르!!"

내 어깨를 두드린 것은 파올로였다. 설마.

"여기는 너한테 맡긴다!"

그리고 그대로 지나가려 했다.

"자, 잠깐 기다려!"

"바보, 이거 놔! 나는 사법사와 공주님에게 은혜를 입힐 거라고!"

우와, 최악이다. 그보다 이 빠른 회복력. 마법 이상의 재능일지도 모른다.

"오, 네가 소문의 천재아지? 나도 옛날에는 신동이라 불렸거든. 너에게는 꽤 흥미가 있어."

"앙? 나는 너 따위는 몰라, 느끼한 자식아. 밋내로 내 여자들(예정)을 말려들게 하기는, 100번이고 죽어라 쓰레기야!!"

스승짱이나 로잘리아는 물론이고 은근슬쩍 공주 전하까지 자기 여자 취급하고 있다니, 불손한 수준이 도를 넘었다.

"그 모습을 봐서는, 너도 마법의 심오함과 숭고함을 이해하지 못하는 인종인 것 같네. 유감이지만, 그래서는 동지로 추천할 수 없겠어."

"뭐어? 뭔가 착각하고 있는 거 아니냐, 이 자식아. 기분 나쁜 녀석이네. 이 몸은 말이지, 내 최가아아아아아아앙의 힘으로 출세해서 여자에게 인기만 끌 수 있다면, 마법이든 검이든 뭐든 상관없다고!!"

이렇게나 욕망에 충실하니 오히려 시원시원하다. 하지만 줄리오의 표정은 험악해졌다.

"어리석군. 숭고한 마법의 세계에서 감정으로 움직일 수밖에 없는 여자는 필요 없는데. 어차피 너는 우리와 뜻을 함께

할 자격은 없었다는 건가."

"여자가 뭘요 없다니, 이 동정이냐? 아앙?"

동정이라는 단어가 무슨 뜻인지는 모르겠지만, 새파래진 줄리오의 얼굴을 보건대 적중한 걸지도 모른다.

"나 개인의 일은 상관없어! ——응. 대중에게 하반신을 노출했는데도 태연한 만큼, 품성도 저열하다고밖에 할 수 없겠네."

그리고 다시 들먹이는 나와 파올로의 문제. 하지만 파올로는 의외로 태연했다.

"미안하구만, 동정. 동정에게는 무슨 말을 들어도 타격이 없단 말이지."

파올로가 히죽히죽 웃자, 줄리오는 차가운 시선을 퍼부었다.

"이제 됐어, 말은 필요 없겠지. 자신의 어리석음을 그 몸에 새겨라!!"

"칫…… 어쩔 수 없구만. 야, 제라르! 이 자식은 내가 상대해 줄 테니까, 당장 가라고!!"

파올로는 줄리오를 노려본 채, 손만 써서 앞으로 가라고 재촉했다.

"고마워, 파올로."

"되찾을 걸 확실히 되찾고 나서, 거의 대부분 파올로 덕분이라고 말해두라고!!"

밉살스러운 말이었지만, 신기하게도 화는 나지 않았다. 나는 감사하면서 앞으로 달렸다.

시상대에 도착했을 때, 알폰소는 스승짱과 공주 전하의 등을 서로 맞대서 묶고 있었다.

"롤란드의 아들인가. 내 동지들이 추태를 보였다고 해서, 견습에 지나지 않는 네가 나를 어떻게 할 수 있으리라고 생각하는 건가?"

천천히 돌아본 그 얼굴에는 표정이라 부를 수 있는 게 없었다.

"내가 역경에 처한 것은 사실이지. 이 자리에는 이제 볼일이 없지만, 안전하게 탈출하는 건 불가능하겠군── 내가 고대의 마도서에서 부활시킨, 전이마법을 쓰지 않는 한 말이지. 하지만 그러려면 조금 시간이 필요하다. 방해를 받으면서 쓸 수 있는 마법은 아니지."

전이마법. 그런 건 들은 적이 없다. 내가 당황하자, 알폰소는 미소를 지었다.

"거기서 제안이다. 네 용기에 경의를 표하며, 공주만큼은 지금 여기서 풀어 주도록 하마. 밖에 있는 협력자에게 전이한다면 이후에는 어떻게든 할 수 있으니까. 너는 힘은 부족했지만, 공주 전하를 구해낸 영웅이 되는 거다. 현명한 판단이겠지."

우리밖에 들리지 않는 목소리로 말하는 알폰소 옆에서, 스승짱이 내 눈을 바라보고 있었다. 살짝 고개를 흔들며 뭔가 호소하고 있다. 나는 그 의도를 생각하지 않기로 했다. 그 명령만큼은 따를 수 없었다. 현명한 선택 같은 건 모른다.

"깊고 온화한 흐름이여, 격류가 되어 꿰뚫어라!!"

"연소하라."

내가 날렸다고 생각할 수 없을 만큼 강력한 물대포는, 알폰소의 눈앞에서 흔적도 없이 증발했다.

"그게 아닐 텐데? ……역시 개구리의 자식은 개구리군. 짓밟히는 운명에는 뭐가 있는 모양이야. ──폭발하라."

근처에서 폭발이 일어났다. 정통으로 맞은 나는 서 있지 못하고 뒤로 쓰러졌다. 마력이 없는 사람이라면 도저히 버티지 못했을 거다.

위력은 물론이고, 영창도 너무 짧다. 저것만으로도 마력을 정련할 수 있다니. 거의 단어 수준이잖아. 이런 게 가능하다니.

"마력의 빛이여, 나의 몸을……"

"해제한다. 폭발하라."

알폰소의 마법은 미완성된 벽을 없애 버리고 일어나려던 나를 날려 버렸다.

이제 일어날 기력도 없다. 이길 수 있을 리가 없다. 나는 이제 곧 당하겠지. 아버지처럼 죽을지도 모른다. 하지만 무엇보다 걱정인 건, 스승짱의 안전이었다. 마력도 없는데, 근처에서 폭발이 일어나 다치기라도 하면 큰일이다.

무사한지 확인하고 싶었지만, 몸을 일으키는 것조차 뜻대로 되지 않는다. 폭발 탓인지 귀도 먹먹했고, 눈도 흐릿해졌다.

──모든 마력이여, 나의── 를 지켜라.

영창하려 했지만, 제대로 목소리를 내지 못했다. 그래서 몇 번이고, 몇 번이고 되풀이했다.

다시 폭발이 일어났다. 하지만 내 몸에 충격이 오지는 않았다. 이미 감각이 이상해진 걸지도 모른다.

"제라르!!"

가장 듣고 싶었던 목소리가 난다. 몸이 생각했던 것보다 괜찮았나 보다. 안심한 것도 잠시, 누군가가 내 몸을 난폭하게 안았다.

"무슨 생각이야!! 진짜 바보 아냐?! 이렇게 진지해 봤자 아무도 이득을 보지 않아!! 이렇게 걸레짝처럼 돼 버리다니, 이기지 못하는 싸움은 하지 말라고 그렇게 말했잖아!! 바보인 건 알았지만, 이 정도로 왕바보일 줄은 몰랐어!!"

말이 너무 심하다. 지금까지 들은 것 중에서 제일 심했다. 만약 눈물을 흘리면서 한 말이 아니었다면, 아무리 나라도 화냈을지 모른다.

다시 폭발이 일어났다. 그러나 우리는 무사했다. 뭉게뭉게 솟구치는 연기 속에서, 몇 겹이나 되는 백은색의 벽이 우리를 덮고 있었기 때문이다.

"잠깐! 그만두라고, 이 (자체 검열!)야!!"

연기가 걷히자, 그곳에는 알폰소가 있었다.

"왜 네가 거기에 있지? 속박이 풀렸나."

"네가 마법을 펑펑 쏴 댄 덕분이지. ……잘도 내 귀여운 제자를 이 꼴로 만들었겠다. 이제 징역으로는 끝나지 않아."

눈물을 닦은 스승짱은 지금까지 본 적이 없을 만큼 화를 내고 있었다. 그러나 알폰소는 아랑곳하지 않았다.

"그렇군…… 내 실수인가. 초조해진 탓인지 사용할 마법을 살못 신녁했기 ㅏㄱㄱ 하지만 덕분에 보인 게 있다. 아무래도 네 약점은 롤란드의 아들인 모양이야. 그렇다면 ㄱ 뛰ㄴ는 간단한 이야기지. 제랄드가 아버지와 같은 길을 걷지 않길 원한다면, 얌전히 나를 따라와라."

이럴 수가…… 스승짱을 구하려고 했는데, 오히려 나 때문에 궁지에 몰리다니.

"그런 일을 내버려 둘 것 같아? 그 카드는 이미 사용기한이 초과됐다고."

감각이 돌아온 내 귓가에는 몇 명의 말소리와 발소리가 들려왔다.

파올로를 선두에 두고 크리스토프나 엔리코 씨, 안나와 마릴레나도 있다. 쫓아온 건 어전시합 참가자들이었다.

"나 참, 그 느끼한 자식 끈질겼어."

"내가 가세하니까 상대도 안 됐지만 말이죠."

"그야 다섯 명이 모여서 두들겨 팼으니까."

"제, 제라르! 괜찮아?"

"줄리오는 귀여운 후배라고 생각했는데, 충격이군……."

"우왓, 쓰레기인가 했는데 제라르잖아! 쟤 정말 살아있어?"

"사법사 님, 다친 데는 없으십니까?!"

단숨에 떠들썩해졌다. 하지만 지금은 그게 무척 기뻤다.

"나는 됐으니까, 제라르를 구해 줘!"

"제라르…… 이건 심하군. 바로 치료해 주마."

엔리코 씨가 회복마법을 영창하자, 내 몸은 따스한 바람에 휩싸였다.

"가, 감사합니다."

일어나서 주변을 돌아보니, 줄리오와 아란차, 알폰소의 동료들은 병사들에게 묶이고 있었다.

그리고 공주 전하를 안아 든 로잘리아도 합류했다.

"로잘리아 공…… 뭐라 감사를 드려야 할지."

"다른 이들 덕분입니다. ……제라르, 잘 버텨 줬어."

분명 모두가 로잘리아에게도 힘을 보태 준 거겠지.

"아란차에 줄리오까지 당했나…… 한심한 녀석들이군."

알폰소의 얼굴이 험악해졌다.

"다음이 네 차례인 건 뻔한데 뭘 남 일이라는 표정을 짓고 있어?"

스승짱이 한 발 앞으로 나왔다.

"사기사카 시이코의 동료와 그 유쾌한 지인, 그리고 그 근처에 있는 사람? 등등이 몰려와서 너를 때려눕힐 거야. 근데 몇 명이나 있는 거야? 하나~둘~셋~."

이게 무슨 인과인지, 여기에 도착한 건 모두 우리와 대전한 사람이었다. 기억해 주세요…….

"우와…… 우리 진영의 사람 수, 엄청 많잖아……? 잠깐 점호라도 해볼까. 내가 1이네. 다음은 고브코."

"응? 2인가?"

그렇다면 나는 "3, 일까요?"

"뭔가 석연지 않시민 4."

"야만족 여자의 편을 들 생각은 없었지만, 진실된 사랑을 위해 5예요!"

"6이요!!"

"7이에요. 신과, 사법사님과 함께."

"뭐야 8, 이려나? 폐하를 향한 충성을 위해."

"뭐어, 나도 들어가? 그럼, 9?"

"괜찮아, 안나. 열 명이나 있으니까, 도망쳐도 우리만큼은 안전해."

아홉 명의 마법사가 일렬횡대로 선 모습은, 역시 장관이었다.

"알겠어? 제라르. 아무리 굉장한 사람이 있더라도, 룰이 없다면 평범한 사람 열 명을 먼저 모으는 쪽이 이기는 거야. 사랑의 힘이나, 우정의 유대보다, 이건 누군가의 몫이다!! 같은 말보다, 이런 상황에서도 한층 진화했다고?! 같은 말을 듣는 사람 한 명보다 강한 건, 의욕이 미묘한 열 명이란 말이야."

스승짱은 이런 상황인데도 뭔가를 가르쳐 주려 하고 있다. 불길한 예감이 들었다.

"딱히 전원이 동료가 아니라도 좋아. 누군가에게 좋은 모습을 보여 주고 싶다거나, 상관없는 사람을 향한 의리라든가, 도망이 늦어져서 눈치껏 행동한 거라든가, 친구가 자기 맘대로 신청을…… 했다든가, 이유는 제각각일지도 몰라. 모두 다른 인간이니까, 그게 당연한 거야. 하지만 사람이 모인 건, 제라르가 쌓은 연줄과 스스로가 가진 소통 능력 덕분이야. 인생에서 최강의 힘은 커넥션과 커뮤니케이션. 사람을 대하는 법이 제일 중요하다고."

하고자 하는 말은 알겠다. 하지만 그건 내 힘이라기보다는……?

"그러니까, 정말로 괴로울 때는 다른 사람을 의지해도 돼. 부모 형제, 친척 혈연에 학교 각처, 연줄을 써서 안 좋아지는 건 위신뿐이야. 모두가 제대로 볼 수 있는 곳에서 세상이 괴롭고 힘드니 구해 달라고 외치다 보면, 누군가는 어쩔 수 없이 도와줄 테니까……. 아, 미안. 얘기가 삼천포로 빠졌네."

쑥스럽게 웃은 스승짱에게서 모두가 눈을 떼지 못했다.

"너는 정말로 흥미로운 존재군. 자리아레룸에 도착하면 한 번 마음 가는 대로 이야기를 들어 보고 싶다."

"아저씨, 아직도 이 상황을 어떻게 할 수 있을 것 같아? 벌써 노망들기 시작했냐고."

이미 우리의 곁에는 몇 겹의 마장벽이 깔렸고, 공격을 위한 마법 영창도 시작했다. 알폰소가 아무리 단숨에 영창할 수 있다 해도, 승산이 있을 리가…….

"어떻게든, 같은 생각은 하지 않는다. 희생이 크긴 했지만, 나는 내 목적을 달성한다. 그렇게 확신하고 있지."

알폰소는 품에서 무언가를 꺼내 외쳤다.

"줄리오!! 약정대로 너의 영혼, 헛되이 쓰지는 않겠다!!"

땅속에서 뭔가 폭발하는 소리가 나며 땅울림이 시작됐다. 근처는 마치 해가 진 것처럼 어두워졌다.

뒤에서 가벼운 소란이 일어났다. 바라보니, 묶여있던 줄리오의 몸이 앞으로 거꾸러졌다. 어딘가 불길한 예감이 든다. 대체 뭘 한 거지?

"이봐, 저 녀석 뭔가 묘한 짓을 하기 시작했어! 너희들 주저하지 마, 해치워!!"

부추기는 파올로에게 응해 모두가 알폰소를 향해 마법을 날렸다.

다수의 마법이 작렬한…… 순간, 모두의 마법이 연기처럼 사라졌다.

"사법사여, 열 명을 상대로는 이길 수 없다고 했나? 확실히 일반적인 마술사라면 그럴지도 모르지. 하지만, 공교롭게도 나는 일반적이지 않은 마법을 쓴다. 말하지 않았나?"

그리고 그 옆에는, 그것이 가로막고 있었다.

『열렬한 환영, 고맙다.』

그것은, 이형이었다. 몸매는 여성처럼 보였지만 전신이 청백색이고, 두 개의 머리에는 염소 뿔이 돋아나 있고, 등에는 까마귀처럼 검은 날개. 한 손에는 무거워 보이는 가죽 주머니를 들고 있다. 무엇보다 그 모든 것에서 흉흉한 기운이 넘쳐나고 있었다.

"아마……!!"

중얼거린 것은 엔리코 씨였다. 설마 지게? 하지만 그렇다면······.

"저건 뭔가요?! 기분 나빠!!"

마릴레나는 특기인 회오리를 날렸다. 그러나 그것이 시선을 돌리자, 마릴레나의 마법은 보이지 않는 벽에 맞은 것처럼 크기와 속도가 세 배가 되어 튕겨났다. 그리고 또 하나의 머리가 바라보자, 우리를 지키는 벽이 사라졌다.

"우와아! 왜 내가 마법을 맞은 거야!!"

"라파엘로!! 괜찮아?!"

허를 찔린 우리는 정통으로 얻어맞고 대혼란에 빠졌다.

악마는 알폰소를 돌아봤다.

"오, 오오······!! 멋지군. 굉장한 마력이다."

『나의 이름은 맘모나. 인간이여, 너를 따르는 자의 영혼을 바쳐서까지 바라는 소원이란 무엇이냐? 이 계약서는 공백으로 되어있다만.』

"나의 소원은 단 하나. 마법의 궁극에 달하기 위한, 인지(人智)를 초월한 마력. 그것뿐이다!"

『그렇다면 그걸 계약서에 남기도록 해라. 나는 지상에서는 결코 거짓을 말하지 않고, 약속도 어기지 않지만, 너희 인간은 다르다. 그러므로 계약은 서면으로 남기고 피로 손도장을 찍어야 처음으로 효력을 발휘한다.』

이럴 수가. 알폰소가 그 힘을 손에 넣으면 더는 승산이 없다.

"그렇게 하도록 내버려 둘 것 같나!!"

"요컨대 계약서를 쓰기 전에 아저씨를 쓰러뜨리면 되잖아?!

해치워 주겠어."

"미, 맞아요! 아마의 생각대로 하게 둘 수는 없습니다!"

주변 사람들이 말릴 새도 없이 로잘리아가 뛰어올랐고, 파올로와 엔리코 씨가 마법 영창을 시작했다.

『소용없다. 나와 계약하려는 자에게는 어떤 간섭도 할 수 없다.』

로잘리아는 보이지 않는 힘에 튕겨나 지면에 쓰러졌다. 파올로와 엔리코 씨가 알폰소에게 날린 마법은 발동조차 하지 않고 사라졌다.

그 사이에 알폰소는 계약서를 다 적고, 손가락 끝에 상처를 내서 손도장을 찍었다.

『이걸로 계약은 성립됐군. 네게는 재능이 있는 모양이다. 나의 힘이 있다면 너의 마력은 사람이 아닌 자의 영역에 달하겠지.』

"후후…… 후하하. 엄청난 충실감이군. 처음부터 이랬으면 좋았을 텐데. 이미 자리아레룸의 비호조차 필요 없을지도 모르겠어."

아아…….

우리는 할 말을 잃었다. 절망적이었다. 이렇게 되면 어찌할 방도가——.

"기다려."

한숨 뒤에 들려온 것은, 그런 목소리였다.

이 자리에 모든 시선이 하나로 모였고, 그분은 혼자 앞으로 나왔다. 그분은 천천히 걸어가면서 말을 이었다.

"맘모나였던가? 나도 너와 계약할게. 계약하면 되잖아? 내 소원은, 으음…… 거기 사이코 아저씨의 마력을 영원히 봉인 하는 것하고, 네가 빼앗은 그 장발 오빠의 영혼을 원래대로 되돌리는 것. 적이긴 해도 눈앞에서 사람이 죽는 건 솔직히 보고 싶지 않거든."

"뭐라고?! 웃기는 짓을……."

입을 열려던 알폰소를 맘모나가 제지했다.

『계집, 진심인가? 계약에는 대가가 필요하다.』

"알고 있다니까. 어쩔 수 없으니, 내 영혼을 줄게."

──순간, 무슨 말을 한 건지 알 수 없었다.

"뭐!? 무슨…… 무슨 소리를 하는 거냐! 웃기지 마라!!"

외친 건 로잘리아였다.

"맞아요! 왜 스승짱이…… 어째서인가요?! 그럼 차라리 저 의──."

"두 사람 다 미안해. 실은 나, 거짓말한 게 하나 있어. 나는 이 세계에 왔을 때부터 내 사명을 알고 있었거든. 위기에 처 한 이 세계를 구하라고, 머릿속에서 목소리가 들렸어. 웃기 지? 대체 어디 사는 용사냐고."

사법사의 전설은 진실이었다. 납득해 버린 자신을 용서할 수 없었다. 그래도, 나는──.

"스승짱…… 그럴 수가, 싫어요!! 절대로 안돼요!! 왜 스승

짱이 희생해야 하는 건데요! 그럴 바에는 제가 희생되는 게
나아요!!"

"있잖아, 제라르. 어느새 당연해졌지만, 생각해 보면 우리
는 언제나 함께였지? 믿을 수 없겠지만, 이 세계에 오기 전
도 포함해서, 이렇게 친해진 남자는 네가 처음이었어. 분명
궁합이 잘 맞았던 거야. 그러니까 난, 제라르를 지켜 주고 싶
어. 그리고 뭐, 덤으로 고브코도."

"시이코……."

스승짱은 평소와 같은 심술궂은 미소를 지었다. 왜 여기서
그런 표정을 짓는 것일까. 이것만큼은 나도 이해할 수가 없
었다.

『기다려라, 계집. 두 가지 소원에 네 영혼 하나로는 수지
가── 음? 너, 숫처녀인가. 그렇군, 처녀의 영혼이라면 뭐,
이 정도의 마이너스는 인정해도 되겠지.』

"잠깐, 왜 사람의 개인정보를 멋대로 밝히는 거야?! 정말~
최악이야…… 자, 계약서 쓸 테니까 빨리 줘."

스승짱은 맘모나에게 계약서를 받아서 언제나 안 주머니에
넣고 다니는 펜을 꺼내 쓰기 시작했다.

그걸 보면서 나는 하나의 결의를 다졌다. 스승짱의 계약이
성립된다면, 다음에는 내 영혼을 바치면 된다.

마음에 걸리는 건 스승짱과의 약속을 지키지 못한다는 거
지만, 마술사가 이렇게나 많으니 누구 한 명 정도는 사법사
를 원래 세계로 돌려보내는 마법을 쓸 수 있을 거다.

"자, 적었어. 『──악마 맘모나가 이상의 책무를 완전히 이행한다면, 사기사카 시이코의 영혼을 지체 없이 악마 맘모나에게 넘겨준다. S.Sagisaka.』, 이러면 되지?"

스승짱은 맘모나에게 계약서를 넘겨줬다.

정말로, 정말로 저렇게 간단히 끝나는 건가. 믿을 수 없다. 믿고 싶지 않다.

그러나 계약서를 바라본 맘모나는 나타난 뒤로 처음으로 미소를 지었다. 그 섬뜩함에 등골이 얼어붙었다.

『그런 거였나. 계집, 이래서는 인정할 수 없겠군. 너, 이상한 도구를 썼잖나.』

고개를 돌리고 있던 스승짱의 움직임이 멈췄다.

"……뭐?"

『시시한 잔재주로 악마를 속일 줄 알았나? 이 계약서…… 내용이야 거짓이 없지만, 네가 사용한 묘한 깃펜── 아니, 잉크군. 시간이 지나면 처음부터 아무것도 적혀있지 않았던 것처럼, 내용이 보이지 않게 될 거다.』

스승짱은 꿀꺽 침을 삼켰다.

"무슨…… 소리를……."

『내 눈은 물질의 '본질'을 간파한다. 네가 숫처녀라는 걸 알았듯이. 처음에는 잘못 본 줄 알았는데, 이 잉크의 본질은 회귀다.』

맘모나의 눈이 붉게 빛났다.

『과거에도 나를 속이려던 인간이 있었지. 한 명도 예외 없

©Koin

이, 마지막에는 그 영혼으로 오만의 대가를 치르게 되었지만.』

새파래진 스승짱은 아무 말도 하지 못했다. 아무래도 스승짱은 뭔가 사기를 치려고 했던 모양이다. 그러나 그것도 간파당하고 말았다.

『그 만용을 봐서, 내가 한 글자 한 구절 틀리지 않고 계약서를 다시 썼다. 이번에는 검댕과 기름으로 만든 잉크로 말이지. 그다음에는, 네가 손도장을 찍기만 하면 된다.』

"아…….."

새로운 계약서를 받은 스승짱은 공포로 얼굴을 찡그렸다.

『왜 그러지? 각오가 서지 않는다면 도와주마. 이런 식으로.』

맘모나는 스승짱의 손을 잡고 강제로 계약서에 밀어붙였다.

"자, 잠깐 생각할 시간을…… 아! 아아아아아아! 이런, 이렇게 강제로 누르게 하다니, 치사하잖아!!"

비통한 비명을 들은 맘모나는 유쾌하게 웃었다.

『크크크크크큭……. 넌 누구와 거래하려 했던 거냐? 이제 와서 후회해도 늦었다. 자, 이걸로 계약은 성립됐다. 나는 나의 의무를 다하기로 하지. ──좋아, 이 남자는 이제 마법을 쓸 수 없고, 영혼이 빠져나간 남자도 곧 부활할 거다. 너의 영혼은 어떤── 아? 응? 아?』

어느새 안색이 돌아온 스승짱은 하품을 한 번 하고는 크게 기지개를 켰다.

"아~, 정말. 무지 지쳤어. 이렇게나 일했으니까 난 이제 국빈 대우를 받아도 되겠지? 나 성에서 밥 먹고 싶은데~."

　아무 일두 없었다는 듯이 발길을 돌리는 스승짱을 본 맘모나가 황급히 불러 세웠다.

『기다려라, 계집!! 뭐가 어떻게 된 거냐? 왜 네 영혼을 얻을 수 없는 거지?!』

　"아~, 그게 말이지. 나에게도 이행할 의지는 있지만, 조~금 시간이 걸릴지도 모르겠구나 싶어서."

　스승짱은 히죽히죽 웃으며 대답했다.

『무슨 소리냐?! 이 계약서에 거짓이나 착오는 없었을 텐데.』

　"'지체 없이'라는 의미가 뭔지는 당연히 알고 있지? 합리적인 이유가 없는 한 곧바로 실행해야 한다는 뜻이지. 하지만 잘 생각해 보면 나는 일반인이니까, 다른 세계에서 이미 세상을 떠난 할머니의 영혼을 여기로 끌어올 방법은 모른단 말이지~. 이야~ 영혼을 주고 싶은 마음은 굴뚝같긴 하지만~. 뭐, 기한은 설정하지 않았으니까, 긴~ 안목으로 기다려 줘. 200년 정도."

『계집, 너 설마——.』

　"아, 사기사카 시이코는 우리 할머니인데, 무슨 문제라도 있어? 사이비 점술사에 *M자금 사기꾼에 일본에 다단계 수법을 퍼뜨린 못된 사람이지만, 나한테는 언제나 용돈을 잔뜩 줬어. 소질이 있다느니 어쩌니 하면서, 어느새 뭐든지 다 가

---

* 전후 도쿄에 설치된 연합군총사령부(GHQ)가 일본은행에서 압수한 재물의 총칭. 그 출처가 불분명해 여러 음모론이 존재함.

르쳐 주더라니까. 나같은 지극히 평범한 여자아이에게 실례란 말이지."

맘모나는 악마로는 보이지 않을 정도로 얼빠진 표정을 했지만 곧바로 분노의 표정으로 변했다.

『화, 화, 확실히, 너와의 계약에 잘못된 점은 없었던 모양이군. 여기가 마계였다면 지금 당장이라도 너를 매달아서 화형시키고 갈기갈기 찢어 놨겠지만……!! 하지만 저 남자는 아까 얻지 못한 계약의 대가가 되어 줘야겠다. 페널티로 육체도 함께.』

"그러시죠 그러시죠. 아, 아까 나올 때 망가뜨린 땅은 원래대로 해 놓고 가세요."

"이, 이거 놔라!! 나는 아직 해야 할 일이……."

눈을 부릅뜬 맘모나는 알폰소의 목덜미를 붙잡더니 굉음과 함께 다시 땅속으로 가라앉았다.

그 모습이 완전히 보이지 않게 되자, 어딘가에서 커다란 환성이 터져 나왔다.

스승짱은 귀를 막으면서 우리에게 다가왔다.

"시이코…… 아니, 넌 대체 누구냐?"

"아~, 미안. 고브코, 제라르. 잘 생각해 보니 거짓말한 게 하나가 아니었네. 머릿속에서 목소리가 들릴 리가 없고, 만약 들렸다면 세계를 구하기 전에 병원에 가야지. 그런고로, 내 진짜 이름은 사기사카 시오리라고 해. 친구한테는 시짱이라 불리고 있답니다! ──그럼, 그렇게 됐으니까 두 사람 다

새삼스럽지만 잘 부탁해. 에헤헤."

스승짱은 헤실헤실 웃었다. 최악의 거짓말쟁이였다. 정말로 최악이라 눈물이 멈추지 않는다.

"다행이다……."

"잠깐, 제라르 콧물! 콧물 묻잖아!! 아……."

타닥타닥 모닥불이 타는 듯한 소리가 난다. 내 눈앞에는 어느새 균열이 떠올라 있었다.

그로부터 몇 년이나 지나 버린 기분이 든다. 그러나 실제로는 고작 몇 개월밖에 지나지 않았다.

여러 일이 있었다. 고블린 여자아이와 친해지거나, 함께 살거나, 수행인지 놀이인지 알 수 없는 일을 하거나, 어전시합에도 나갔다. 우승하지는 못했지만, 아버지의 원통함을 풀었고, 폐하나 공주 전하에게 고맙다는 말을 듣기도 했다. 그리고 놀랍게도, 폐하의 호의를 받아 한 번 포기했던 왕성 마술사로 가는 길까지 열렸다.

무엇보다…… 스승짱과 만날 수 있었다. 일이 이렇게 잘 풀린 것도 전부 스승짱 덕분이라고 생각한다. 멋대로 불러내서 스승이 되어 달라는 억지를 부렸던 나를 가르쳐 주고, 이끌어주었다. 아무리 감사해도 지나치지 않을 정도다.

그런데도…… 나는 아직도 어리광을 부리려 하고 있다.

"그럼 두 사람, 슬슬 헤어져야겠네."

스승짱이 입고 있는 건, 처음 만났을 때 착용했던 세일러복이다.

손에 든 가방에는 여기 옷 중에 제일 마음에 들었다는 코트 아브디가 한 벌 들어있다고 한다. 나머지는 액세서리 정도뿐이다. 너무 커다란 짐을 가지고 있으면 송환에 지장을 줄 수도 있기에 최소한으로 챙겼다. 별문제가 없다면…… 이제 스승짱은 자기 세계로 돌아간다. 영원히 내 눈앞에서 사라지게 된다.

　──그 사건이 일어나고 나서 왕성은 마술사단 결성 이후 처음 생긴 불상사의 뒤처리를 하느라 크게 소란스러워졌고, 우리가 다시금 폐하를 알현하게 된 것은 바로 얼마 전의 일이었다. 그리고 조사를 부탁받아 동행하게 된 알폰소의 저택에서 나는 막대한 숫자의 마도서 중에서 마침내 그것을 발견했다.

　"정말로 이제 가 버리는 거냐? 적어도 조금 더 안정을 찾고 나서 가는 게……."
　내 옆에는 로잘리아. 어전시합에서 우승한 데다 공주 전하의 마음에 들게 된 로잘리아는, 놀랍게도 근위병단뿐만 아니라 공주 전하의 호위로도 일하게 되었다.
　"응. 질질 끌다간 언제까지고 돌아가지 못할 것 같아서."
　스승짱은 이미 원래 세계로 돌아갈 작정이다. 그래서 이젠 지금밖에 기회가 없다. 나는 크게 숨을 들이쉬었다.
　"저기! 역시, 여기에 남아 주실 수는 없나요?!"
　먼 곳의 경치를 지켜보던 스승짱은, 천천히 돌아봤나.

"――어째서?"

"그건…… 저는 아직 반푼이고, 배우지 못한 게 많아요. 그리고 왕성 마술사가 되면 스승짱이 불편하게 지내시지는 않을 거예요. 원하는 게 있다면 뭐든 말씀해 주세요. 제가 노력해서 어떻게든 해 볼게요!"

그러나 스승짱은 조용히 고개를 가로저었다. 반쯤은 예상하고 있었다. 내가 이 사람을 말로 이길 수 있을 리가 없으니까.

"제라르는 이제 괜찮아. 자신감도 확실히 붙었고, 마법도 몰라볼 정도로 늘었으니까. ……처음처럼 미덥지 못한 것도, 나름대로 귀엽긴 하지만."

스승짱은 어울리지 않게 다정한 미소를 지었다. 분명 아직 내가 본 적 없는 표정이 더 많을 것이다. 그걸 보고 싶었다. 꼭 보고 싶었다.

"……아니면, 다른 이유라도 있어?"

사람의 눈은 거짓말을 하지 않는다고 내게 가르쳐 준, 그 사람의 눈동자가 흔들렸다. 다른 이유. 당연히 있었다.

"아직 헤어지고 싶지 않아요! 지금까지 저는 혼자서도 괜찮다고 생각했어요. 하지만 아니었어요. 저는 자신을 속이고 있었을 뿐이에요. 이렇게 함께 살게 되고 나서야 겨우 알게 됐어요."

거의 울음소리에 가까운 내 말을, 스승짱은 묵묵히 듣고 있었다.

"그렇게 한심한 표정 짓지 마. ――솔직히 눈물로 애원하기까지 하니까 역시 고민하게 되네. 제라르도 고브코도 내가 없으면 못된 사람인데 휼라당 속아 버릴 것 같고."

스승짱은 심술궂게 웃었다. 이건 혹시…….

"나도 지금 생활이 꽤 마음에 들고, 여기에 남는 것도 개인적으로는 괜찮아. 하지만 지금도 부모님이나 친구가 걱정할 테니까, 돌아갈 수 있다면 돌아가는 게 좋지 않을까 싶어. 이 세계로 가니까 찾지 말아 주세요, 라고 말하고 온 것도 아니니까. 납치당했다고 생각해서 전단지라도 돌렸다면, 잠깐 판타지 세계에 가서 사법사를 하고 왔다는 변명으론 끝나지 않을 테니까."

"그, 그건 그렇죠……."

역시 무리인 건 무리다. 어느새 나는 무릎을 꿇고 있었다.

"――그러니까."

"……?"

어느새, 스승짱은 내 손을 잡아서 일으켜 세웠다.

"제라르가 일본에 오면 되잖아!"

어?!

"말해준 대로, 보석은 갖고 있지?"

송환마법을 발견했다는 사실을 전하고 얼마 지나지 않아, 스승양에게 재산을 보석 같은 금품으로 바꾸라는 지시를 받았다. 그러고 보니 바꾸기는 했는데, 그 뒤로는 아무 지시도 내리지 않았다.

"네, 네. 그렇긴 한데……."

"고브코도 올 거지? 두 사람 다 일본으로 오면 분명 재미있을 거야!!"

스승짱은 두 번 다시 돌아올 수 없을지도 모른다면서 작은 목소리로 덧붙였다.

"뭐?! 나한테는 가족이 있다고."

이게 어떻게 된 거야. 설마 이런 전개가 될 줄이야.

"형제자매가 잔뜩 있으니까 후계자 문제는 오케이잖아. 앞으로 10초만 기다려줄 테니까 같이 갈 거라면, 그 안에 정해. 자, 10, 9, 8⋯⋯."

"이봐! 잠깐 기다려!! ──아~ 정말, 간다!! 간다고!!"

스승짱이 내민 손을 로잘리아도 잡았다.

"좋~았어. 그럼 가자!!"

"──나 참. 폐하와 공주 전하에게 면목이⋯⋯."

스승짱은 균열로 뛰어들었고, 투덜투덜 중얼거리던 로잘리아와 나를 잡아당겼다.

균열 내부는 어두컴컴한 밤하늘 같은 공간이었다.

잠시 뒤, 형용할 수 없는 색상의 빛이 번쩍이고는 격렬한 잡음과 함께 공간 전체가 점점 빨개졌다.

"잠깐, 괜찮은 거 맞아?!"

아, 이거 왠지 굉장히 위험한 느낌⋯⋯.

"우와아아아악!!"

로잘리아의 절규. 다음 순간, 내 몸이 강렬한 기세로 끌려갔다. 다음 순간에 보인 것은 눈앞에 닥쳐온 풀밭이었다.

튀엣 하는 소리와 함께 우리를 내팽개친 균열은 원래의 완성된 모습으로 돌아가더니 처처히 닫히며 사라졌다.

"아얏…… 뭐야 정말~. 뭔가 잘못된 거야?"

우리는 결국 원래 있던 우리 집 뒤뜰로 돌아왔다. 아무래도 송환마법은 실패한 모양이다.

방식이 잘못된 건 아닐 텐데……. 나는 마도서를 다시 넘겨 봤다.

『──마지막으로, 눈앞에 균열이 떠올랐다면 망설이지 말고 뛰어들 것.』, 역시 맞다.

"제라르, 여기!!"

스승짱이 가리킨 곳, 마지막 페이지 끝에는 깨알같이 작은 글자로 주의 표시가 있었다.

"『※단, 이 마법은 세계를 구하지 않으면 발동하지 않는다』?!"

설마 이런 조건이 있었다니.

……하지만, 그렇다면.

"그러니까, 제라르가 또~ 속아 버린 거야?"

"네! 죄송합니다!!"

이 시간은 아직 끝나지 않았다는 뜻이다.

"다 풀어진 표정으로 헤실헤실하기는, 속았는데 오히려 기뻐 보이잖아. 아직 교육이 필요하겠어."

스승짱도 어딘가 기쁜 듯한 건 기분 탓이 아니라고 생각하고 싶다.

"이봐…… 됐으니까 너희들, 내 위에서 느긋하게 떠들기 마라······."

나는 황급히 로잘리아의 위에서 비켰다.

"아무튼, 먼저 보석으로 바꿨던 재산을 돈으로 되돌려야겠네. 임금님이 내정해 준 자리도 사퇴했으니까. 그럼 고브코, 다시 왕도로 출발~!"

"이 자식, 왜 내 위에 올라탄 거냐?!"

엎어져 있던 로잘리아는 일어나서 스승짱에게 맹렬하게 달려들었다.

"우왓, 다루기 쉬운 애가 화났다!!"

스승짱은 그 손을 스르륵 피했다. 술래잡기를 시작한 두 사람을 보면서, 나는 짐을 정리했다.

이런 상태로 정말 세계의 위기를 구할 수 있을까? 아니, 분명 어떻게든 될 것이다. 나의 스승만 있어 준다면.

〈끝〉

©Koin

후기

처음 뵙겠습니다. 하루하라 케무리라고 합니다.

이번에 이 책을 손에 집어 주셔서 감사합니다.

본작은 연출 구도상 잡학 강의나 설교가 상당한 빈도로 나옵니다만, 심하게 극단적인 표현이나 완전한 창작, 근거 없는 탁상공론도 꽤 많이 존재하므로 실천하시는 경우(?!)에는 어디까지나 참고 사항 정도로 생각해 주셨으면 좋겠습니다.

그보다 본작은 엄밀히 따지면 코미디이므로, 바보 같은 소리를 써 났다면서 웃어넘겨 주신다면 다행이겠습니다.

물론 등장하는 인물, 단체, 설정, 소재 등은 픽션이며, 실존하는 것과는 전혀 상관없다는 것을 거듭 말씀드립니다.

상업 작품을 출판할 때는 다양한 제약과 불문율에 얽매인다는 이미지를 멋대로 품고 있었는데, 본작에서는 정말로 제멋대로 다 할 수 있었습니다. 그릇이 너무나도 큰 편집부라 깜짝 놀랐습니다.

그런고로, 본작의 출판에는 담당인 M씨를 시작으로 한 GA문고 편집부, SB 크리에이티브 여러분 및 수많은 분들의 지도와 조력을 받을 수 있었기에 무척 감사하고 있습니다.

또한 근사한 일러스트를 그려주신 일러스트레이터 코인 선생님. 눈물을 머금고 고르지 못한 디자인이나 러프화도 때때로 미련이 남아 바라보고 있습니다.

또한 본작의 GA문고 대상 응모 전, 감상을 남겨 주신 분들에게도 이 자리에서 감사의 말씀을 드립니다. 대단히 참고가 되었습니다.

마지막으로 본작을 읽어 주신 모든 분들에게. 정말로 감사합니다.

하루하라 케무리

사법사 스승짱 1

2021년 07월 20일 제1판 인쇄
2021년 08월 01일 제1판 발행

지음 하루하라 케무리 | **일러스트** 코인

옮김 이경인

발행 영상출판미디어(주)
등록번호 제 2002-000003호
주소 21311 인천광역시 부평구 평천로 132 (청천동)
전화 032-505-2973(代) | FAX 032-505-2982

ISBN 979-11-380-0330-8
ISBN 979-11-380-0329-2 (세트)

SAHOU-TSUKAI NO SHISHO-CHAN
Copyright ⓒ2015 Kemuri Haruhara
Illustrations Copyright ⓒ2015 Koin
All rights reserved.
Original Japanese edition published in 2014 by SB Creative Corp.

This Korean edition is published by arrangement SB Creative Corp., Tokyo
in care of Tuttle-Mori Agency., Tokyo through Yu Ri Jang Literary Agency, Seoul.

구매 시 파손된 도서는 구매처에서 교환하실 수 있습니다.
기타 불편사항, 문의사항이 있으신 독자님께서는 노블엔진 홈페이지 [http://novelengine.com] 에서
Q&A 게시판을 이용해 주시기 바랍니다.

노블엔진(NOVEL ENGINE)은 영상출판미디어(주)의 라이트노벨 및 관련서적 브랜드입니다.

폐급 【상태 이상 스킬】로 최강이 된 내가 모든 것을 유린하기까지

1~2

반에서 공기 취급을 받는 소년, 미모리 토우카는 수학여행 중에 난데없이 반 아이들과 함께 이세계에 소환당하고, 여신을 자칭하는 비시스의 앞에서 '폐급' 【상태 이상】 스킬과 함께 E급 용사 판정을 받는다.

그리고 반 아이들이 지켜보는 앞에서 '폐급'에 대한 본보기로 아무도 살아서 나온 적이 없다는 극한의 폐기 던전으로 추방당한다──.

"나가 뒈져라, 빌어먹을 여신."
"내가 살아 돌아가면── 각오해."

그리고 폐기 던전에서, 아무도 몰랐던 '폐급 스킬'의 진가가 밝혀지는데──
절망에 빠진 폐급 용사의 역습담, 개막!!

시노자키 카오루 지음 | KWKM 일러스트 | 2021년 7월 제2권 출간
청춘의 상상, 시동을 걸어라!

천재 왕자의 적자국가 재생술 ~그래, 매국하자~

1

애니메이션 제작 결정!

"나라 팔아치우고 튀고 싶다아아아아!"

추운 북쪽 땅, 이렇다 할 자원도 산업도 없는 변방의 약소 국가. 국왕이 몸져누워서 섭정으로서 나라의 운영을 맡은 왕자의 소박한 소원은 '매국'이었다?!

그러나 시대의 흐름은 그 소원을 철저하게 짓밟는데——.

외교로 강대국에 빌붙어서 나라를 팔아먹고 은거하려는 원대한 그림은 강대국의 내란으로 백지가 되고, 도토리 키 재기 수준의 이웃 나라가 쳐들어왔을 때는 적당히 치고 빠지려다 대승리 + 알박기 점령!!

하루라도 빨리 편히 쉬고 싶은 매국 왕자의 소원은 과연 이루어질 것인가?!

토바 토오루 지음 | **파루마로** 일러스트 | **2021년 7월** 출간
청춘의 상상, 시동을 걸어라!